守护平安

——广东省公安机关打造“平安样本”实践

洪奕宜　戎明昌　陈捷生◎编著

南方日报出版社
NANFANG DAILY PRESS
中国·广州

图书在版编目（CIP）数据

守护平安 ：广东省公安机关打造“平安样本”实践 / 洪奕宜，戎明昌，陈捷生编著. —广州 ：南方日报出版社，2014.9
ISBN 978-7-5491-1165-7

Ⅰ. ①守… Ⅱ. ①洪… ②戎… ③陈… Ⅲ. ①新闻报道—作品集—中国—当代 Ⅳ. ①I253

中国版本图书馆 CIP 数据核字（2014）第 197989 号

SHOUHU PING'AN
守护平安——广东省公安机关打造“平安样本”实践
洪奕宜　戎明昌　陈捷生　编著

出 版 人：周洪威
责任编辑：方　明
责任技编：王　兰
出版发行：南方日报出版社
地　　址：广州市广州大道中 289 号
电　　话：（020）83000502
经　　销：全国新华书店
印　　刷：广州汉鼎印务有限公司
开　　本：787 mm×1092 mm　1/16
印　　张：10.5
字　　数：195 千字
版　　次：2014 年 9 月第 1 版
印　　次：2014 年 9 月第 1 次印刷
定　　价：25.00 元

投稿热线：（020）83000503　读者热线：（020）83000502
网址：http://www.nfdailypress.com/

《守护平安——广东省公安机关打造“平安样本”实践》

目　录 /MULU

第一篇　治安防控

第二篇　打击破案

第三篇　警务创新

第四篇　南粤卫士

序言一

护卫南粤平安　共建和谐家园

广东省副省长、公安厅厅长　李春生

建设幸福广东，法治是保障，平安是前提，公安机关责任重大。如果群众的安全得不到保障，老百姓没有安全感，建设幸福广东便无从谈起。广东是全国人口大省，流动人口达到3000万之众，各类社会治安要素错综复杂，社会治安形势十分严峻。广东要在10年时间里建设成为全国最安全的地区之一，作为主力军的公安机关重担在肩。

创建平安广东，这是一次声势浩大、影响深远的战役。全省21个市公安局、170多个县区公安局（分局）和2400多个派出所，都是参战单位。我们全警参与，以“打、防、管、控、整治、服务”为主要内容，既立足当前解决社会治安突出问题，也着眼长远，建立打击犯罪、治安防控、源头创稳、基层基础、安全监管、服务群众的长效机制，努力维护广东的长治久安。

立警为公，执法为民，全心全意为人民服务，是人民警察的宗旨。2013年以来，全省15万公安干警厉兵秣马，枕戈待旦，闻令而动，日夜鏖战，以创建平安广东为己任，赢得了全省社会治安形势的持续平安稳定。我们牢牢抓住打击犯罪这一“主业”，重拳出击、攻坚克难，全年破获各类刑事案件18.8万起，“雷霆扫毒”铲除汕尾、惠州制毒贩毒团伙和窝点，“春雷”行动剑指盗改销机动车犯罪沉疴，“海燕”行动扫荡银行卡犯罪气焰；我们主动排查、主动预警，协助党委、政府妥善化解各类社会矛盾纠纷，全力维护我省社会大局稳定，维护广大人民群众的根本利益；我们坚持以民为本，不断推出便捷高效的服务措施，让群众点点鼠标、动动手机，足不出户就能轻轻松松办理业务，深得民心。

让公安队伍倍感欣慰和鼓舞的是，在鏖战前行的途中，一路有南方日报的鼓劲、建言、献策，南方日报与省公安厅联合推出的“创建平安广东基层行”专栏，围绕公安中心工作，创新政法报道形式，从不同层面、多个维度，全方位展现南粤公安在平安创建中的好经验、好做法。敏锐又勤奋的记者们将采访、报道的触角深入全省的基层派出所、警务室，采写了近40篇高质量的报道，内容丰富，形式多样，囊括了治安防控、要案剖析、警务创新、人物故事等多方面，为我们展现了一幅幅精彩的平安创建画卷。感谢南方日报为广东公安工作鼓与呼，全体公安干警倍感斗志昂扬，更添前行动力！

几度风雨几度春秋，风霜雪雨搏激流。在时代的号角下，我们将以更加饱满的激情、更加坚定的信念、更加昂扬的斗志、更加务实的行动，共同护卫南粤平安，齐心建设和谐家园！

序言二

让平安“看得见摸得着”

南方报业传媒集团总编辑、南方日报社社长　张东明

这两年来，“平安”二字成为百姓日常生活中的热词，建设平安广东也是省委、省政府长时间的中心工作，广东将用10年时间建设成为全国最安全的地区之一。事实上，“平安”的范畴，既广阔，又有点朦胧，它不光体现了生命财产等“物质安全”，更涵盖了安全感等精神要素。

如何围绕中心服务大局，将这种“朦胧感”转变成让市民群众“看得见摸得着”的平安？这是党政机关和主流媒体应该共同为之努力的方向！

平安要走出单纯的概念，让人“看得见摸得着”，这就需要强有力的制度措施保障，同时需要一个有力的传播、引导载体，让广大群众知晓、接受，并为之努力。公安机关创建平安的具体实践与新闻媒体深入基层的采访报道，应该共同驱动。作为省委机关报，南方日报责无旁贷地深入配合平安工作，并与省公安厅合作，在重要版面推出“创建平安广东基层行”大型系列报道，全方位展现党的十八大以来南粤大地在创建平安工作中的好经验、好做法，坚持品质传播、议题传播、全媒体传播，为平安广东鼓与呼，为创建平安广东提供强有力的舆论支持。

本书的素材取自南方日报近两年来的专题新闻报道。来自基层，自成系统。细细品来，却又不仅是一本新闻报道集纳，所谓“借天下势、集天下士、成天下事”，它一方面深度浓缩了社会转型期广东党政

机关在创建平安工作中的妙笔和精华，一方面全面展现了新媒体时代媒体人为新闻传播所作的努力和创新。两者有机结合，相得益彰，南粤的平安瑰宝，便跃然纸上！

我想，除了这批文稿外，在平安创建中，广东还有很多地方的亮点、经验值得我们去挖掘、去提炼、去总结，以更好地指导下一步的平安创建工作，为广东新的腾飞做好铺垫 ，同时可以给予兄弟省份以借鉴、参考，这就是本书的要义。

第一篇　治安防控

基层基础工作是社会治安防控体系发挥成效的基础和保障。要把治安防控体系建设落实到基层，需在多方面下功夫，如实施立体布防、科技助防和群众群防，简而言之，就是需要在“硬件”和“软件”上下功夫。

立体布防，就是从地上、天上和空中多方面进行布防，采取分层级、分区域、分时段的办法，整合多警种资源开展24小时动态巡逻，在大街小巷编织一张巡逻网络，扩大路面布警的覆盖面，实现“一点预警、多点响应”。比如，惠州一改“坐班接警”的老方式，所有警察走上街头，由原来“散兵游勇”式的出击变成立体化、系统化的防控；广州白云区人和镇建立治安辅助力量机动队，打造“两栖作战队”，地上能围追悍匪应急处突，水上能驾冲锋舟驰援救人；茂名的“五长”带班巡逻工作机制，由公安机关的局长、支队长、科长、所长、队长带领民警上街巡逻。

科技助防，就是利用视频监控平台分析研判治安形势特点，有针对性地采取各项防控措施，维护社会安全。比如，东莞石龙“智能天网”能实现高清识别、视频自动拼接、轨迹跟踪、地图关联和人像采集功能，视频系统的附加值大大提高；潮州依托视频在卡口缉查可疑车辆，强化粤闽边界警务合作。

群众群防，就是依靠群众的力量创造性地开展动态巡防工作，努力形成全民巡防的格局。比如，中山三角镇鱼塘主自建巡逻队，轮流守夜防盗贼；云浮云安县通过建立护村岗亭、培育乡贤理事会促进乡村协同善治等做法，破解“有县无城”带来的治安力量“软肋”；梅州大埔虽是山区贫困县城，且地处三大行政区域交界处，治安不好管控，但通过多级联防、“捆绑式”综治警务等措施，织就了小山城的大平安；汕头龙湖则采取警企联动模式，企业“抱团”，邻里守望相助，创建平安的工业园区。

惠州大巡防探索联动警务新模式，推行一年，“两抢一盗”警情直线下降

全时空联动巡防撒下天罗地网

陈捷生　曾斌戈　汤毅　何福龙

路面有警察和保安巡逻，见警率提高，老百姓安全感自然会增强，但要真正压案，实现社会治安的整体好转，单靠巡逻还远远不够。

惠州全市推开的大巡防，正在积极探索一种联动警务的新模式。实现联动的不仅仅是公安机关内部的各个警种，更重要的是一改“坐班接警”的老方式，所有警察走上街头，与社会面的综治力量和普通群众相呼应、相对接，由被动走向主动，由原来“散兵游勇”式的出击变成立体化、系统化的防控，并充分完善和应用“天眼”网络，撒下了全时空联动巡防的天罗地网。

大巡防推行一年走向常态化、精细化，全市“两抢一盗”警情同比下降21.1%，群众反映强烈的入室盗窃警情更是直线下降了29%。

【平安样本】

惠州学院倚山而建，没有真正的围墙，也不禁止外人出入，但大巡防开展以来治安状况一直很好，在校的老师和同学们说，“在这里工作学习很踏实，很安全。”给予师生们安全感的，不光有学校门口停放的一辆流动警务车，更有巡逻警察。在学院党委书记杨海涛看来，警察不在机关里而是主动来到家门口，与市民群众建立起联系，这种警务的延伸，构筑了一道平安的大防线。

封边锁口　疑犯插翅难逃

惠州学院地处惠城区，巡逻力量进校园，得益于全市推行的大巡防。在惠城区，大巡防细化为三级巡段：大路上，骑摩巡警来回穿梭；街巷里，制服民警带领保安分组巡逻；即便到了城乡结合部或者乡村，也有戴着红袖章的保安队伍走街串巷。三级巡段实现了巡逻空间全覆盖，师生们说，学校周边的公路有警察的巡防布控卡点，每天还固定有巡警和派出所民警到校园里面巡逻，巡完后要到大门口处签到，风雨无阻，即便是夜里的校园也可看到警灯闪烁。

变静态防控为动态联动，在惠阳区则是另外一种方式。在惠阳的街头，笔者不时看到流动警务车的巡控点，这些巡控点根据警情研判而设置，日常任务是定点监控、巡逻盘查，监控点民警可以有机联系在一起，第一时间围捕嫌疑人。除了“固点辐射”，惠阳区还在城区八大出口进行武装设卡盘查，每个卡点配备巡特警和交警共 19 名，并配有两支微型冲锋枪，专门盘查无牌无证等各类可疑车辆和驾乘人员，从外围设防，如果辖区发生重大警情，外围可以立刻封边锁口，嫌疑人插翅难逃。2013 年 3 月下旬，巡警大队长钟炜程做完脂肪瘤切割手术刚下手术台，手机铃声便响起：“一辆丰田小轿车在辖区内被抢，嫌疑人很可能往外逃窜。”钟炜程立即部署八大出口治安卡口严阵以待，果不多时，在高速路淡水出口，嫌疑人驾车经过，被持枪民警成功拦下。经查，这起抢车事件缘起于借款纠纷。

聘治安信息员　建档管理

除了全警上路，大巡防最大的特色在于在惠州全市范围内充分依靠群众，最大限度地发动群防群治力量参与治安防控。惠城区副区长、公安分局局长陈宇浩告诉笔者，城区人口保守估计也有 120 万，但警力只有 945 名，加上协警全部也不足 2000 人，这个比例低于全省平均水平。经宣传发动，工厂、企业、酒店的保安戴上红袖章加入大巡防，保安队与派出所、保安队与保安队之间实现联动；环卫工人、出租车司机乃至网友等则成了治安志愿者，在惠城区就有将近 1 万人。

在惠阳区，警方从出租车、摩托车、公交车司机、环卫工人、娱乐场所经营者等特定人群中组建了一支 600 人的治安信息员队伍，出台了管理和奖励办法，给予每名治安信息员每年 200 元的通讯补助，并进行建档管理、分期培训。事实证明，在打击“双抢”这一顽疾上，治安信息员尤其是正规摩的司机发挥了非常重要的作用。2013 年 5 月 7 日上午，巡警大队在淡水城区进行便衣伏击，接到摩的信息员老李的举报，称有一名男子驾驶一辆红色摩托车形迹可疑。伏击人员很快截获该男子。经讯问，该男子承认多次进行飞车抢夺，当天上午来淡水是准备销赃的。

“惠阳的警情有七八成是双抢，在警方破获的双抢案件中，有1/3的线索是摩的司机提供的。”惠阳区公安分局副局长黄建辉说。

社会视频接入警方平台

不光是人防，惠州大巡防同样重视技防。大巡防充分引入了视频联网这一技术手段，不光把社会视频接入到公安系统，还可实现异常情况的自动报警。像一些辖区企业的财务室，安装了监控探头后，可以进行情景设定，比如对晚上8时到次日8时的无人时间段加以设定，如果有人进入，通过红外线感应，企业的保安室会自动知悉，派出所的视频监控室也会在第一时间弹出自动报警讯息。值班警员可切换画面查看财务室情况，并与企业核实，确认误报时将登记处理结果；如果确认有警情，则可根据图像画面进行现场动态监控追踪，并通知最近的巡防力量赶到现场。也就是说，窃贼刚一进门，警方第一时间就会知道。

此外，参与巡逻的保安队伍还配备有对讲机，不光与辖区内各个厂的保安队使用同一频道，还可连接辖区派出所的对讲机平台，一旦在路面发现警情，只要用对讲机呼叫，整个辖区的治安防控力量都能收到，各个点的巡防队可以根据各自的位置进行围捕，犯罪嫌疑人往往就能被“瓮中捉鳖”。

【对话】

惠州副市长、公安局长李敏：

用民意主导警务

南方日报：当初为什么会想到用大巡防这种方式去改善社会治安?

李敏：大巡防是从2012年4月25日开始实施的，最初是为了迎接党代会而部署的临时安保措施，后来试行效果还不错，全警上路之下，机关得到了锻炼，基层得到了加强，于是慢慢在实践中摸索、丰富，变成了一项常态化的工作方法，形成了一种创新性的警务模式。

南方日报：我们发现，大巡防最大的亮点是实现了联动警务。

李敏：是的。这种联动有警民的联动、机关和基层的联动，也有各警种各部门之间的联动。2013 年以来，我们还实现了公安民警与现役部队的联动，武警、消防、边防部门也都积极参与到大巡防中来，一起保社会平安。联动作战之下，惠州全市“两抢一盗”警情同比下降 21.1%，特别是群众反映强烈的入室盗窃警情同比下降 29%，全市社会治安和群众评价持续向好。

南方日报：作为一种新的模式，大巡防推进过程中有没有遇到什么困难?

李敏：由于改变了“坐堂等案”、哪里发案就去哪里侦查的老路，让民警走上街头主动去巡防，在巡逻中接处警，一开始有些业务警种的民警不理解，思想观念没过关，认为这是一种额外的负担。不过，慢慢做开了就习惯了，在教育和实践中，这种思想逐步被扭转过来。我们始终强调，必须用民意来主导警务，民心之所向就是警情之所需、党政之所求、公安业务之所要。

南方日报：大巡防今后将怎么走?

李敏：大巡防仍要最大限度地联动社会力量，搞好社会治安不能靠公安单干，还要想方设法发动各种社会力量组织起来、参与进来，形成“人人参与、全民创安”的良性局面。2013 年“大巡防”工作要上一个新的台阶，让工作常态化、制度化、科学化，力争成为“全市有口碑、全省有位置、全国有影响”的一种警务模式。

【边走边评】

在警力有限的情况下，惠州大巡防把公安民警从坐堂值班，坐等出警的被动勤务模式，“硬着陆”到以巡逻防控为中心，以社区警务为重点，以信息采集为手段，以压减案件为目标的主动勤务上来，用警力撬动民力，撬动整个社会面的治安防控。大巡防突出联动，联起来的不仅是警务，更是民心。

"智能天网"高清识别、视频自动拼接、轨迹跟踪、地图关联和人像采集无所不能

窜入东莞石龙 鼠辈步步惊心

洪奕宜 曾祥龙 何国晋

"东风路有群众被拉上车后抢走13万元，凶手已逃匿，请各单位注意！"晚上9时许，东莞石龙镇发生一起拉人上车抢劫案件，事主被殴打后强行带至博罗县长宁镇某山头，后被抢走财物。

接到警情后，石龙公安分局指挥中心立即打开"智能天网"视频监控系统，翻查录像发现3辆作案车辆，其中2辆都是裸牌上路，仅有一辆挂了车牌。夜间视线不佳，无法清晰辨认车牌号码，"智能天网"自动启动红外补光功能，很快便显示出该嫌疑车辆的号牌。根据该线索，警方迅速跟踪嫌疑车辆的藏身之地，在寮步将7名疑犯抓获。

这是2013年初石龙警方利用"智能天网"成功抓获犯罪嫌疑人的一幕。"智能天网"拥有高清监控摄像头和摄像枪，可以抓拍人物清晰的脸部表情和车辆信息，成为破案一大利器，也让犯罪分子步步惊心。作为东莞全市公安机关推行"治安监控全面化"建设的试点镇街，石龙的"智能天网"通过互联网、智能安防等现代信息手段，推动治安视频从"单一监控"向"全局布防"转变。

【平安样本】

200万像素探头 高清捕捉细节

走进石龙公安分局指挥中心监控室内，"智能天网"覆盖的监控点街道和路面的画面转入激光投影处，画面十分清晰。从2012年10月份开始，"智能天网"在石龙铺开，138个高清监控点陆续在石龙老城区繁华街区及主要交通干道上岗。这些摄像头达到200万高清像素，可以通过夜间补光、360度旋转等功能，

实现24小时立体化监控录像。在石龙与临镇交界处，安装的监控探头达到500万像素。

“过去，普通的监控探头只有30万像素，现在全部达到了200万高清像素。”石龙公安分局指挥中心副主任张军调取了同一地点同一时间的监控录像，画面呈现出截然不同的两种效果：普通探头的画面几乎一团模糊，而高清像素的探头则能十分清晰地显示出停在路面小车的号牌。

笔者注意到，这一批高清像素监控探头安装的位置似乎比过去要低一些。张军说：“没错，过去我们把探头装在五六米高的位置，以为站得高、看得远，视角会更广阔，但在案件侦查实践中，却发现损失了细节，不利于办案。所以现在降低了高度，装在3米高左右的位置，效果其实更好了。”

视频检索摘要　回看省时高效

“智能天网”还统一整合了视频摘要检索、高清人车识别、视频自动拼接、轨迹跟踪、地图关联、人像自动采集等十大功能，从而实现了警情“可监”“可控”“可调”“可编”“可查”，为公安机关预警防控、指挥联动、情报研判和调查取证提供了综合性应用平台。

记者见过不少地方安装的视频监控系统，但具备视频摘要检索功能的，甚为少见。在过去，民警就某宗案件要查看监控视频，很可能需要翻看该处监控24小时的所有画面才能找出需要的细节，但“智能天网”系统能将视频里运动的画面自动提取出来压缩到几个小时以内，让侦查工作省时省力。“因为犯罪轨迹是运动行进的，所以根据‘运动’这个特征，系统提取压缩，从中就能找到关键细节”，张军说道。

有一次，石龙辖区发生一宗抢劫案，警方从受害者处了解到嫌疑人的衣着、面部特征等信息后，将这些信息作为关键字在系统中输入摘要检索，系统立即提取生成视频摘要，从而帮助警方快速锁定目标。

智能自检系统　辨识“罢工”探头

如何确保这些监控探头运转正常？“其实用得久了，风吹日晒，有监控探头坏了，这也是正常的，我们最怕的是坏了却发现不了。”张军说，几百个监控探头如果全部人工检查一遍，耗时费力，但“智能天网”有自检功能，只要轻点电脑菜单，系统就能快速自检，不用10分钟就能将自检结果全部显现出来。

“每天上班后和下班之前，我都会让系统自检，确保有问题及时发现。”张军一边演示一边讲解，比如有几次系统检测显示有监控摄像头图像很模糊，后来经实地检查，发现是监控探头被灰尘遮蔽了，工作人员马上进行了清理，确保了摄像头恢复正常状态。

“智能天网”的逐渐铺设，让石龙警方如虎添翼。截至2013年5月，石龙警方利用该系统共发现有价值的视频线索45条，打掉犯罪团伙3个，抓获犯罪嫌疑人13人，破获案件3宗。

【对话】

石龙公安分局局长黄国权：

商建警租监巡对接攻克短板

南方日报：过去的治安视频监控存在哪些问题？

黄国权：原有的治安视频监控系统经过多年使用，摄像头像素低、图像质量差、运行租金高、维护管理滞后、共享程度低，这些都是短板。引入高科技成为警务改革今后的一个必然趋势。我们这套系统采取“运营商建设、公安租用”模式，每年支付一定的租金进行维护。

南方日报：这套“智能天网”，如何与地面对接？

黄国权：分局整合了指挥中心、刑侦大队的情报骨干力量，成立了情报中心，与指挥监控中心合署办公。每日会梳理案件多发区域和类别，及时调整警力部署、巡逻路线，做到“监巡对接”。过去装摄像头，更多追求的是覆盖率；现在不一样了，除了全覆盖，更要从中“网鱼”。

【边走边评】

在当前社会立体化防控网中，“天网”已是技术主角，但这些视频监控的功效是否发挥到最大？答案恐怕未必。东莞石龙的“智能天网”给了记者耳目一新的感觉，因为它不是为了装点门面，而是从实战需求出发，可预警、可联动、可布控、可检索，实现了从“单一监控”向“全局布防”的转变。

广州白云区人和镇另辟治安辅助力量机动队，打造立体化防控的“两栖作战队”

地上围追悍匪　水里冲锋救人

陈捷生　陈毅恩　谢锦焕　谭焯铅

【平安样本】

这是一支有别于普通治安辅助力量的防控队伍，由派出所民警带领，由50名退役的年轻武警官兵组成；他们统一驻扎在营地，实行常态化备勤，一旦有紧急任务，10分钟内就能迅速形成战斗力；他们有着精良的装备，身负“两栖作战”功能，地上能围追悍匪应急处突，水上能驾冲锋舟驰援救人。

在广州市白云区人和镇，这支群防群治综合机动队组建一年半，协助警方抓获300多名嫌疑人，辖区的飞车抢夺、入室盗窃案件更是锐减五成。一些嫌疑人在供述中表示，“在人和镇只要看到是穿着黑色制服的机动队员走过来，就会马上放弃作案动机，不由自主地想避开”。

组建队伍　实现常态化备勤

在白云区的很多镇街，治安防控力量除了派出所民警外，还有辅警和治安协管员。人和镇为何要另辟一个专门的机动队？广州市公安局白云分局人和派出所分管副所长戴国栋说，其中有着内外两个因素。

一方面，人和镇辖区面积接近80平方公里，人口总数超过20万，然而在机动队组建之前，仅有派出所警力74名，辅警66人，治安协管员90人，防控力量本来就相对不足。2011年下半年，人和派出所党支部对人和镇治安联防工作和群防群治大队的现状做了深入调查和分析研究，认为当时的群防群治大队队员大多是从本地招聘的，年龄偏大，没有经过专门的训练，又因待遇偏低，大多数队员要兼顾家中的农副业，不能形成常态化备勤机制，难以发挥更大的作用，而这也是广州很多城郊结合部传统联防组织面临的窘境。

另一方面，随着白云机场的搬迁和地铁三号线的开通，镇里的外来人口不断增加，单是每天搭地铁经过人和分流到花都、竹料等地方的人流就超过 8 万人，加上人和地区城镇化进程持续快速推进，治安形势日趋复杂，特别是劳资纠纷、征地拆迁等不稳定因素引起的群体性事件日益增多，原有的群防群治大队在配合镇政府和辅助派出所工作上更是显得力不从心。事实证明，传统的治安联防组织已不再适应新的形势发展要求，必须组建一支素质过硬、纪律严明、主动出击、快速反应的机动队。

组建这样一支队伍的任务落在了戴国栋头上。经镇里大力支持，2011 年 12 月，退伍兵出身的他考核挑选了首批 20 名武警部队退役士兵，由此组成的机动队应运而生。这支队伍清一色是外地人，戴国栋说，这样可以避免产生千丝万缕的利益联系，有利于巩固治安秩序的维护效果。

小小队伍 配备快艇冲锋舟

与辖区的辅警中队、治安协管员中队相比，机动队最大的特点就在于“机动”两字。除了日常进行治安重点区域的防控外，他们最大的功能是应急，“就好比一支特战队，只要有紧急任务，队员们立刻集结，10 分钟内就能形成战斗力，拉出去随时都可以进行应急作战”，戴国栋说，机动队有着普通治安辅助力量所难以具备的优势：行动快、装备齐、效率高。

在机动队的营地里记者看到，这里的装备可谓精良，“水陆齐飞”，可以确保队员们完成各式各样的应急任务。队里配备有 24 辆摩托车，可以让队员们快速赶到事发现场；每名队员都发有防刺服、防刺手套，甚至有防暴盾牌和头盔，可以力保队员们在维稳处突中处于相对安全状态。更值得一提的是，营地里自建有一个小码头，队里还拥有一艘快艇和一艘冲锋舟，即便水上有紧急救援任务，也能够顺利完成。

2012 年 10 月 24 日晚，在辖区方华公路华侨医院路段，一辆可疑摩托车遭盘查，车上 3 名男子持刀逼退治安员后逃窜。机动队应声而动，短时间内将匪徒围截在小范围内，其中一名匪徒在东华下华卫生站附近用水果刀挟持一名小女孩，叫嚣如不放他走就要伤人，机动队员们与民警巧妙配合，一边分散其注意力，一边慢慢摸爬上去，不等匪徒反应过来，其手中的水果刀就被敲落在地，小女孩被成功解救，匪徒最终全部被擒。人和派出所所长陈广泽说，机动队组建以来，辖区的飞车抢夺警情一降再降，截至目前警情同比下降50%。

机动队不光能在地面擒贼，也能在水上救人。2013年5月19日上午11时许，机动队接到派出所的通传：流溪河高增河段有一名40多岁的妇女失足落水，情况危急。戴国栋立即组织队员携带救援设备紧急出动，他们驾驶冲锋舟很快赶到了河心，此时落水妇女正抓住水浮莲拼命挣扎，半浮半沉。队员们迅速跳入河中，给她套上了救生圈，妇女被成功救上岸。

“机动队的建立，开辟了水上救援的生命通道”，陈广泽说。在没有机动队、没有冲锋舟和快艇之前，以往发生群众落水警情，总要求助于水警，水警从市区赶到人和距离较远，往往会错过最佳救援时机，机动队每天都要进行五公里越野、单双杠练习、防暴演练、水上救援训练等，无论是体能还是技战术，都能够应付突发的水上警情。另一方面，由于救援及时，无论结果如何，家属也都可以理解，从而避免了很多可能由此引发的纠纷。

事实上，除了重点防控、配合抓捕、水上救援外，机动队还经常参与到辖区的保卫工作中。戴国栋和主管民警王军倾注了大量心血，与队员一样吃住在基地，并经常深入队伍，了解队员的思想、工作和生活情况。两人都是军转干部，对由复退军人组成的机动队有着特殊的情感，与队员们契合如鱼得水，管理起来更是事半功倍。在队员招收过程中，戴国栋有意识地打造出了一支全能型队伍。如今，队伍内不乏电工能手、炊事班班长、冲锋舟驾驶员、卫生保健员等专业人士。

【对话】

白云区副区长、公安分局局长冯炳辉：

机动队运作模式将在全区推广

南方日报：人和镇机动队的组建给警务工作带来了什么新的变化？

冯炳辉：长期以来，白云警方积极探索创新社会管理方法，着力打造充分体现区域、工作、警种和时代特色的亮点品牌，白云区人和镇群防群治综合机动队是分局治安重点整治的亮点工作之一。机动队组建以来，已协助公安机关抓获各类违法犯罪嫌疑人312名，破获刑事案件35宗，逐渐成为维护社会治安稳定的一支重要辅助力量。该工作模式是群防群治队伍战训合一的新探索，健全了群防群治组织建设，完善了群防群治工作机制，进一步夯实了社区和农村警务基础。

南方日报：机动队的运作模式是否会在全区推广？

冯炳辉：社会治安管理工作离不开社会各界的参与和支持，白云区现有一支万余人的群防群治队伍，白云警方将坚持创新管理、推陈出新，积极争取各级党委、政府的支持，协同各街、镇因地制宜地采取举措，深入推广人和镇群防群治综合机动队的运作模式，在队伍管理、装备配备、后勤保障、队员待遇、激励机制等方面狠下功夫，实现以点带面引领和带动全区公安工作全面科学可持续发展，有力维护全区社会治安秩序稳定。

南方日报：白云区刚刚摘掉了两顶帽子，下一步治安整治的思路是什么？

冯炳辉：在过去的3个月里，白云区刑事、治安类警情同比下降11.3%，其中“两抢”警情下降15.5%，入室盗窃警情下降18.7%，全区治安重点整治行动取得初步成效。白云警方将在结合辖区实际的基础上，不断创新工作理念适应形势发展需要，继续推进电子门禁、围院式管理及特种行业视频管理等三大工程，在总结前期重点整治的基础上推进多警种研判、警企联防、社区民警绩效激励、外国人社会化管理、群防群治战训一体化、辅警处突专业队伍实战运行、物流园一体化治安管控等涵盖公安业务各方面的十大亮点工作。

【边走边评】

清一色的退伍兵，保证了队伍的单兵作战和协同作战能力；清一色的外地人，斩断了与地方可能存在的千丝万缕的联系。机动队的成立，让辖区的应急力量得到了前所未有的补充，召之即来，来之能战，战之能胜。这是根据新形势而组建起来的新队伍，对于与白云区人和镇一样地处城郊结合部的很多镇街来说，这种群防群治的新模式或许可以带来新的启示。

中山三角镇建构“全民治安”一年来卓有成效

鱼塘主自建巡逻队　轮流守夜防盗贼

洪奕宜　曾祥龙　陈维荣

【平安样本】

对中山三角镇南水水产无公害养殖场吴阿姨来说，如今就算没有每天夜里起来巡逻守夜，也不用再担心鱼苗被偷了。这一切得益于连片鱼塘主们自发组建起来的一支巡逻队。每家每户抽调人力轮值巡逻，资源一整合，立刻发挥出了乘法效应，让鱼塘主们尝到了甜头。

作为全市全民治安试点镇区，三角镇充分发动社会各方面力量共同参与社会治安防范工作。除了连片鱼塘主轮值巡逻，村里还成立了巡逻队邻里守望互助、外围河涌闸口架设探照灯监控治安、架设高音喇叭开展安全防范广播，还有成立摩的驾驶员、环卫清洁员、邮递员“三员”义务治安队员盯紧治安盲点。

“全民治安”实施一年来，三角镇接处有效刑事警情相比下降了16.1%，可防性案件总体呈下降趋势，各种纠纷显著减少。

邻里守望看紧鱼塘

三角镇三面环水，全镇水产养殖面积2.35万亩，2012年产值约5.86亿元，占农业总产值的约70%。在南水水产无公害养殖场，由12个鱼塘主组成的鱼塘片区面积就逾2000多亩。过去，一到夜里，鱼塘加氧机、鱼、饲料经常被偷，鱼塘主无计可施，只好每家每户自己加强巡逻、守夜，但被偷盗现象一直没有得到改善。

2012年3月，村干部找到12个鱼塘主共同商量对策，大家决定每家每户抽出一人组建联合巡逻队，轮班守夜，重点是在晚上10时到次日5时安排一人轮班巡逻，并做好每日巡逻记录，遇到重大问题则及时上报队长，由队长再上报辖区治安责任人。鱼塘主们还在两个出入口安装了铁门，其中入口还设置了治安亭。

“过去每到晚上，每家鱼塘都要安排人守夜，现在好了，邻里相互照应，既轻松又不用操心，大家关系也更好了。”鱼塘主们高兴地告诉记者，成立巡逻队至今，再也没有发生过偷鱼偷加氧机的事件。

摩托佬助警擒凶

在三角镇的大街小巷中还活跃着一批义务治安队，他们由摩的驾驶员、环卫清洁员、邮递员组成，共600多人。义务治安队摩的驾驶员梁先生对记者说，他在中山开摩的已经5年了，基本跑遍了三角镇的每一条街道，哪个地方治安好，哪个地方治安差，他都了如指掌。“搭客做生意还能为警察提供一些线索，帮助解决一些治安问题，我们很乐意。治安好了，对我们摩的司机也有保障啊！”

据统计，“三员”队伍已累计为公安机关提供违法犯罪线索217条，侦破案件184宗。

三角镇高平电镀园区共有企业近30家，从业人员达2万余人，使用危化、剧毒品企业多，外来人口多，涉企案件多。三角分局探索建立了“电镀企业园区安全防范管理”的新模式，按照政府、企业共同出资、共同管理的方式，在各出入口设置了治安岗亭；园区厂企还抽出13名保安用于岗亭的值勤。通过各方协作，电镀园区实现了白天半封闭式管理，晚上全封闭式管理。

警方还积极搭建警企对讲平台，为每家厂企配置对讲机，通过对讲联动平台，公安机关能随时检查各厂企的安保工作情况，并统一调度，指导企事业单位开展自防，实现公安、治安、保安的“三安”联动，形成“一有警情，一呼百应”的局面。目前，全镇已有100多家厂企参加，还有不少企业主动要求纳入该平台系统。

一次，高平电镀园区某公司一瓶氰化金钾被盗，氰化金钾有剧毒，一滴就足以危及到几万人的生命安全，情况非常严峻。此时，电镀园区封闭式管理已经完成，案情被迅速通报到各卡口堵截，犯罪嫌疑人逃无可逃，几天后在园区内落网，被盗物品追回，避免了一桩可能产生严重后果事件的发生。

村里喇叭播报警情

"各位业主请注意，根据公安部门的通报，近期入屋盗窃案件有所抬头，请大家外出时关好自己的门，关好自家的窗，做好防盗工作。"走进结民村信宜新村村口，远远就能听到广播里传来的安全防范提醒。负责播报的是65岁的义务广播员欧伯，每天早上8—9时、下午4—5时，欧伯都会通过高音喇叭提醒居民做好安全防范工作，

信宜新区主要由信宜人在三角镇结民村购地建房聚居而成，其中大部分房子用来出租，常年租住外来人口两千多人，治安环境一直较差。公安部门虽几经努力，但仅凭一家之力，难以从根本上扭转局面。借全民治安工作契机，三角公安分局将信宜新区列为全镇治安整治重点区域，多方调动居民参与治安工作的积极性。

"过去信宜村治安很不好，电动车、电脑经常被盗。现在开通了广播台，平时播报警情，提醒居民防火防盗，而一旦遇到紧急情况，又能通过广播迅速召集居民，很管用。"欧伯告诉记者，如今村里三个重要出入口还安装了铁门实行半封闭管理，还组建了"红袖章"义务治安巡逻队，成效很明显。一次，结民村信宜新区发生一起强奸案，女子的呼救声被正在巡逻的义务治安员听到，他们闻声而动，齐心协办将还没有来得及逃离作案现场的犯罪嫌疑人抓获并扭送至派出所。

作为外地人在三角镇最集中的聚居区，信宜新区的治安环境通过"全民治安"由乱到治，也实现了外地人和本地人的和谐共处。

【对话】

中山市公安局三角分局局长刘伟刚：

"三员"治安队有效延伸公安触角

南方日报：听说三角镇是中山第一个实现村村通视频监控的镇区。

刘伟刚：对。早在2008年，三角镇就率先在全镇7个行政村全部建立视频监控中心，安装了170个监控探头。当时采取的模式是"政府财政出一点、村财政出一点、村属企业出一点，村民志愿出一点"，成功筹集资金500万元。视频

监控系统投入运行以来，辖区各重点路段、区域发案率明显下降，尤其是抢劫出租车案件，近3年来实现零发案。

南方日报：为什么要将摩的驾驶员、环卫清洁员、邮递员三类人员纳入义务治安队？

刘伟刚：这三类人员有其特殊的职业特点，一个共同点，就是走街串巷，能填充不少治安盲点，比如，摩的驾驶员、邮递员跑遍每个地方，对每条街道都很熟悉，而有的环卫工人上班时间正是我们的休息时间，这个时间差所能提供的线索有时很重要。所以，将这些人员的积极性充分调动起来，有效延伸了治安工作的触角。

南方日报：出租屋是管理的一大难点，在这方面三角镇有什么好做法？

刘伟刚：三角镇出租屋主要集中在高平村民森南街，我们探索了出租屋“三色管理”办法：即以绿、黄、红三种颜色对应出租屋优秀、良好、一般三种管理状态，并制作等级评比牌，还配上微笑、平脸、撇嘴三种QQ表情，安装在每栋出租屋的门墙上，生动直观。对这三种等级的出租屋，我们区别对待，绿色状态的一个月检查一次，黄色状态的半个月检查一次，红色状态的一个星期检查一次。长期处于红色状态的出租屋将通过协会信息平台进行通报，在户主入学、入户等方面给予扣分，长期表现为绿色状态的出租屋在户主入学、入户等方面给予加分。

【边走边评】

如果将平安比作一面结实的大墙，那么，每个人都是构筑这面大墙的基石。三角镇是践行“全民治安”的一个好样本，从鱼塘主、工厂保安，到摩托佬、邮递员、环卫工人，再到村民，每个人都是守护一方平安的一员。全民治安，你能做什么？采访中，一位村民说了句大实话：“其实，只要我们每家每户能看好自家的门，管好自家的事，那也是为建平安社区出了力。”

潮州警方依托视频进行卡口缉查，强化粤闽边界警务合作

借助科技力量　守护广东东大门

陈捷生　廖奕文　辛均庆　曾祥龙　姚秋扬

【平安样本】

潮州公安局110指挥中心大厅，机动车缉查布控系统里突然响起了警报声。在场警员迅速点击鼠标，发现触发报警装置的是一辆录入系统的被盗抢车，屏幕下方随即显示出可疑车辆的特征。经图像比对，指挥科长许镇松确认该车确是目标车辆，立即下达拦截指令。5分钟后，饶平黄冈收费站处设卡完毕，荷枪实弹的民警成功将该车拦截，嫌疑人无路可逃，束手就擒。

在创建平安工作中，潮州警方依托视频载体，在省际、市际通道设置卡口自动缉查可疑车辆，2013年上半年已经利用机动车缉查布控系统成功拦截涉案车辆14辆，抓获犯罪嫌疑人28名。潮州副市长、公安局长杨志明说，借助科技力量，警方在粤闽边界编织起平安大网守护广东东大门，目标很明确，就是要让案犯逃不出去，钻不进来。

高速“神探”自动识别可疑车

潮州过境高速路上设置的卡口，其实并非传统意义上依托警力进行盘查的治安执勤点，而是先进的监控探头。这些探头就像一个个高速路上的“神探”，能通过感应系统在第一时间发现可疑车辆，并自动报警。“警方的机动车缉查布控系统实现了全省联网，案发后各地警方会将嫌疑车辆的有效信息输入到系统中，一旦嫌疑车辆经过卡口所在路段，监控探头就能自动识别，110指挥中心的电脑界面上就会自动弹出报警讯息”，许镇松说，接到警报和指令后，前方的警力第一时间布控，10分钟内就能形成战斗力。

如何提高自动报警后拦截的成功率？潮州交警高速一大队大队长黄广良说，卡口的设置很重要，接到自动报警后，警方会有足够的时间来排兵布阵。黄广良

举了个例子：比如安在汕汾高速某路段的一个卡口，与前方出口距离在20公里以上，也就是说，在嫌疑车辆前行的过程中，警方会有足够的时间在前方收费站设治安卡点拦截，每个治安卡点不少于5名警力，并配备一辆性能好的警用汽车和一辆警用摩托车，警员一般会配备一支微型冲锋枪和两支手枪，阵容强大，嫌疑人不敢贸然冲卡。

2013年4月27日21时34分，一辆东莞牌小客车经过汕汾高速省际卡口触发警报，市局110值班民警立即下发指令出警拦截，高速一大队联合饶平县公安局迅速设卡，10来分钟后，该车在黄冈收费站处被成功拦截。

同年5月10日17时04分，汕汾高速潮州卡口发出警情，一辆省厅布控的被盗抢货车通过卡口正往饶平方向行驶，潮州市公安局110值班民警迅速指令高速一大队和饶平县公安局在省际收费站设卡拦截。5分钟后，警方在省际收费站山门高速方向设卡。17时49分，嫌疑车辆被截停。经查，该车有凿改车架号码的痕迹，系被盗抢车辆，驾驶人李某和同伴娄某与车辆一同被扣，省厅领导给予了表扬。

目前，潮州全市已建成省际卡口4个，市际卡口12个。系统自2011年开通以来，共为案件侦查工作提供有价值的图像和线索3232条，成功侦破各类案件1820多宗。卡口缉查布控系统的拦截率、破案数均在全省名列前茅。

粤闽边界强化警务合作

依托治安卡口缉查布控系统和视频监控进行防控，并不仅仅局限于省内兄弟城市之间的合作。潮州地处广东和福建交界，守护广东的东大门，不让犯罪分子逃出去、钻进来，更需加强边界的警务协作。在此基础上，潮州警方积极加强与福建警方的协作，打造粤闽交界的平安地带。

2010年，潮州警方以抓好亚运安保圈建设为契机，与漳州市公安机关签订了《创建闽粤线漳潮段平安边界工作协议》，两地公安机关按照协议要求，成立创建平安边界协助工作机构，建立主要领导负责、分管领导指挥、业务管理部门组织实施、边界地区干部群众广泛参与的协调工作机制，并明确了“社会治安联防、矛盾纠纷联调、突出问题联治、突发事件联勤、基层平安联创、特殊人群联管”的六项机制。与此同时，饶平县还与漳州市诏安县签订了《闽粤边界安保协作协议》，在平和县与饶平县交界处设立上善、福田检查站，进一步完善了警务协作平台。

两地警务协作屡有佳作：2013年3月2日17时46分，潮州公安局接到福建

警方传来的协查函获悉，3 个多小时前，厦门康众出租车公司一辆黄白色出租车在当地被一男子持电击棍、刀具抢走，司机遭刺伤赶下车，嫌疑人于 15 时 40 分闯过沈海高速闽粤收费站，目前在潮安县境内，而半个小时前 GPS 定位显示，该车在大山镇与文祠镇之间的省道 S213 上。警方立即调出治安卡口缉查布控系统和视频监控系统进行跟踪查控，并启用多警种联动协查拦截机制，指令潮安县凤凰派出所、饶平县的三饶、上饶派出所落实警力合围；潮安的文祠中队、饶平的新丰派出所上路设卡拦截。17 时 58 分，基层民警发现该车高速冲卡，往上饶方向行驶，根据嫌疑车辆的运行轨迹，警方改变单一的指挥方式，启用 110 报警系统多方通话功能开展实时调度，18 时 11 分，各路人马在上饶镇上善岭头村天背路段将该车截获，劫匪眼见无路可逃，弃车往田里逃窜，民警穷追不舍，最终生擒匪徒。经审查，嫌疑人陈某滨（男，33 岁，高中文化）供认了其在厦门抢劫出租车的犯罪事实，而后被移交福建警方。

潮漳两地公安机关合作 3 年来，共接受协作请求 1200 多次，成功协作破获刑事案件 243 起，截获被盗抢机动车 117 辆，抓获犯罪嫌疑人 108 名。2011 年 1 月，潮州市公安局还协助漳州市公安机关打掉诏安一特大假币生产窝点，缴获假币 1 亿余元，现场抓获胡某等 6 名疑犯，受到公安部、广东省公安厅和福建省公安厅的通报表彰。

守住了广东的东大门，这座面积 3360 平方公里、拥有 300 万人口的千年古城，治安状况正在发生着前所未有的变化。省里的考核结果显示，潮州市民的治安满意度和公共安全感均大幅提升。家住枫溪区的王伯道出了最直观的感受：“这几年路面的‘双抢’明显下降，即使走夜路也不用提心吊胆”。

【对话】

潮州市副市长、公安局长杨志明：

斥资 1.6 亿再建 3000 电子眼

南方日报：就全省来讲，潮州总体上还是相对平安的。

杨志明：是的，粤安 11、粤安 12 中潮州在全省都排名第二。2013 年以来，公安机关进一步加大了打击和防控力度，每天的刑事警情保持在 15 宗左右，最好的一天才 5 宗，最多的一天也就 22 宗，与 2012 年同期相比平均每天少发了两

三宗，这与潮州历来治安防控基础好、市委书记许光和市长李庆雄的重视是分不开的。

南方日报：无论是卡口缉查还是视频监控，科技在治安防控中起到了至关重要的作用。接下来，潮州将如何进一步向科技要警力?

杨志明：单就警力而言，潮州是严重不足的。根据公安部的标准，每万人里要有15名警察，但潮州的数值才8.5左右，民警都是超负荷开展工作。在警力有限的情况下，我们向科技要警力，在首期1200个监控探头的基础上，第二期视频监控系统的建设已经启动，这项工作得到了市里的大力支持，市委、市政府的决心和力度很大，市本级财政收入12.9亿元中，就有1.6亿左右用于科技强警建设，且统一组织领导、统一技术标准、统一规划布点。至2014年年底，我们将建成3000个一类视频监控点，其中涵盖了100个出口卡口，另外还将完成2700个社会视频的建设。新增的3000个电子眼全部投用后，将实现潮州的主要道路、人员密集地带全覆盖。

南方日报：在立体化治安防控上有什么新的举措?

杨志明：警力有限，民力无穷。除了借助科技力量外，做好治安防控，还需要充分撬动民力，强化群防群治。目前，我们正在构建立体化防控的6张平安大网，分别是街面巡逻防控网、城乡社区村庄防控网、单位场所行业防控网、区域警务协作网、技术视频防控网和虚拟社会防控网，如果把这6张网真正融合交织在一起，我们的社会面防控将会突飞猛进，潮州会更加平安。

【边走边评】

立体化防控不能仅仅依靠人海战术，人总会有疲累的时候；立体化防控也不能一味地单兵作战，只有不断地向外围挤压犯罪空间，才能最大限度地减少犯罪。在警力明显不足的前提下守护广东东大门，潮州借助科技手段和区域协作，化解了治安防控中的两个弱项，值得借鉴。更加值得一提的是，治安防控离不开地方党委政府的重视和支持，把更多的精力、财力、物力投入到创建平安工作中来，收获的会是一片晴天。

惠州仲恺警方发动群众力量“大群防”，提升防控能力

全警上路大巡防　便衣“黄雀”捕“螳螂”

洪奕宜　曾祥龙　曾斌戈　谢伟鹏

【平安样本】

惠州仲恺高新区被当地群众戏称为“边陲小镇”，这里是城乡接合部，因步入大开发阶段，工厂林立，外来人口多，出租屋多，治安问题不简单。对于成立还不到3年的仲恺高新区分局来说，200多位民警要维护两个大型高新科技产业园区及5个镇（街），管辖320平方公里的面积和近50万人口，难度可想而知。

仲恺警方力推全警上路大巡防，发动社会各方力量开展“大群防”，辖区的综治力量得到前所未有的补充，社会治安防控能力大大提升。据统计，2013年以来，仲恺警方共出动警力10000多人次，查扣可疑车辆300多辆，抓获各类违法嫌疑人近300名，“两抢一盗”案发率同比下降15.4%。

大巡防：三级巡段便衣伏击

陈江某天夜晚的街头，仲恺高新区分局巡警大队二中队中队长冼标带领3名队员坚守在所管辖区巡逻。当晚11时30分许，巡逻至金湖路时，冼标敏锐地围截了一辆涉毒小汽车，犯罪嫌疑人掏枪准备反抗时，被冼标和巡警们及时制服，乖乖就擒。

冼标所带领的二中队只有4名民警，巡逻任务重，除了管理中队的日常事物，还经常带领队员坚持在巡逻压案的第一线。在仲恺高新区，每位民警上路执勤已成为常态，不管是巡警，还是刑警、特警、机关民警，每个月都要求有一定的上路巡逻时间。

仲恺高新区分局巡防办常务副主任陈军华告诉记者，目前实施的是“三级巡段”：一级巡段主要设在重点部位和人员密集、案件高发的路段或社区，由专业巡逻队24小时带班巡逻；二级巡段主要设在除一级巡段以外的其他重点区域，

主要由巡防员、机关民警轮班巡逻；三级巡段主要设在单位、住宅小区、村居，主要由派出所民警带领社区保安轮班巡逻。

巡逻采取徒步和车巡相结合、巡大街和巡小巷相结合、武装巡逻和便衣伏击相结合。“身着制服的民警在路上巡逻，起到一个震慑作用，但一些狡猾的犯罪分子躲在暗处，往往都是等到警察走过去了，才下手偷抢作案，我们的便衣就是紧盯这类人，这就叫‘螳螂捕蝉，黄雀在后’。过去一些业务部门对大巡防感到不理解，比如刑警认为，他们的职责是破案，为什么还要上路去巡逻?”公安分局副局长舒晖说，“一开始，机关民警、业务部门的同志对大巡防认识不深、巡防技能欠缺，导致上路巡逻管事率不高，分局局长黄新平、政委肖建生亲自带队上路巡逻，带动了全局民警的积极性。”如今，“大巡防”工作在仲恺高新区公安分局已经成为一项常态任务。

“大巡防”也是民警深入群众、了解线索的一个重要渠道。2013 年 6 月 11 日上午，潼湖派出所副所长袁振声带领民警在广和开发区路段巡逻，在走访中得知，三湖村暂住人员邹某有吸毒行为。袁振声立即带领民警前往其家中了解情况，经过深入交谈，了解到邹某确有一年半的吸毒行为，而且吸毒后性情暴躁，经常打骂家人，家人碍于亲情并未报警处理，私下劝其戒毒却一直无效。袁振声与邹某及其家人进行了长达 1 个多小时的促膝谈心，动之以情，晓之以理，经耐心劝说，邹某最终下定决心配合戒毒。“瘾君子”迷途知返，家人十分欣慰，对民警也很感激。

大群防：发动各方力量参与巡逻

除了警方，陈江街道办各方的群防力量也被发动起来。每周一至周五晚7时至9时，陈江街道办的400名机关工作人员都会前往辖区繁华街区、交通主干道、主要路口、车站等地进行治安巡逻，密切关注治安动态，协助处置突发情况。除此之外，还有退休干部、退休教职工、复退军人、学生……"老年义务巡逻队"中的老人家开玩笑说："一边巡逻，一边还能锻炼身体，一举两得。"

对本就以"巡逻"为主业的巡警而言，各警种甚至是各行业群防力量参与到大群防，发挥出了"鲶鱼效应"。用巡警大队二中队副中队长刘锦标的话来说，"'巡逻'本就是我们的主业，其他警种的兄弟们参与进来，我们肯定有压力，会要求自己做得比别人好、比过去要做得更好。"

如今，巡警大队进一步延伸触角，把过去主要巡大街与现在巡小巷、巡小区紧密结合起来，还主动与荷兰小城物业管理处联系，在该小区新建一个巡警大队执勤点，加强警民互动，搞好群防群治。

"铁篱笆"：围小区安监控装路灯

陈江自2010年2月由惠城区划入仲恺高新区管辖后，由原来的中心镇变成了中心区。由于辖区以单门独栋的出租屋居多，没有保安看管，外来务工人员白天去工厂上班，入室盗窃案件多发。2011年初，陈江派出所联合街道办、甲子居委会，在胜利小区试点"铁篱笆"工程。

"铁篱笆"工程借鉴篱笆原理，规划将开放小区圈起来，使之形成闭合型院落，再通过路面安装视频、组建小区治安队等措施形成严密的防控，形成网格化科学管控的治安格局。2011年3月起，这项工作开始推开。围墙砌了起来，小区围了起来，安了监控，装了路灯，还建起了一支18人的巡防保安队，队员们配备高强光手电筒、哨子、治安棒等，在辖区各村社区重要地段轮流巡逻站岗。

在试点"铁篱笆"工程前，胜利小区每天平均发生一至两宗盗窃案。"铁篱笆"工程实施以后，小区内的各类治安、刑事警情明显下降，盗窃发案更是大幅下降。据悉，目前陈江派出所辖区构筑"篱笆工程"的小区已达到6个，群众安全感明显增强。陈江还将用两三年时间完成5个"铁篱笆工程"的建设。街道办每年将拿出350万元用于社会治安综合治理，主要用于加装社会治安监控摄像头、购置流动警务车辆和招聘保安、治安协管员。

【对话】

仲恺高新区委常委、公安分局局长黄新平：

由“大巡防”向“大群防”转变

南方日报：您带头上路巡逻，起到什么作用？

黄新平：改善辖区治安，公安肯定是主力，我作为“一把手”带头参与治安巡逻，相信能带动更多民警参与，更多地推动大巡防、群防群治等工作。根据市局统一部署，我们分局除了自身的200多名民警外，还动员了辖区企业及小区的2800多名保安走上街面参与巡防。

南方日报：将企业保安统一“收编”，是出于什么考虑？

黄新平：我们辖区现有2000多家工厂、数千名保安，如果能将工厂、企业保安的力量真正发挥出来，那全区的治安问题就能解决很大一部分。一些工厂自聘的保安素质良莠不齐，通过培训，把他们打造成“正规军”，提升战斗力。现在我们是由保安中心统一招聘、统一着装、统一使用、统一培训、统一管理。

南方日报：借助巡逻这种手段，期望达到一个什么效果？

黄新平：治安是最受群众关切的话题。我们仲恺警方会踏踏实实地将“大巡防”工作落实到位，将“全民参与大巡防”的精神传播到辖区的每一个角落，切实做到用巡逻来管事、用巡逻促民生、用巡逻防隐患，并实现由“大巡防”向“大群防”的转变，达到“大平安”。

【边走边评】

街面巡逻的警察多了，犯罪分子作案的空间就少了，这是浅显的道理，就像弹簧——你弱它就强，你强它就弱。仲恺警方将“大巡防”落到实处，制订了详细措施，细化到每个警种、每个时间段，不断丰富“大巡防”的内涵，并正在实现向“大群防”的转变。哪里案件高发，打防管控的拳头就延伸到哪里，服务群众的触角就延伸到哪里，这样才能有效增强警方把控社会治安的能力。

云浮云安县群防群治破解“有县无城”治安困境

护村岗亭守得乡村一片安

洪奕宜　曾祥龙　云公宣

【平安样本】

作为全省最年轻的县，“有县无城”至今仍是云浮云安县的典型特点。为了破解由此带来的治安力量“软肋”，云安警方积极拓展传统防控和群防群治工作，通过电话联防、护村岗亭、培育乡贤理事会促进乡村协同善治等做法，走出了一条农村治安防控的新路子。

目前，该县已创建平安村居50多个。2013年以来，全县接报违法犯罪警情同比下降25%。通过做实、做好农村治安，实现“积小安为大安，以基层平安保全县平安”。

平安电话“一呼百应”

“村民们请注意：持有一代身份证尚未更换二代证的或年满16周岁以上尚未申领身份证的村民，请及时到公安户政部门办理……”云安县公安村里的老人们，一边抽着卷烟，一边抬头看着村里高高挂着的大喇叭，饶有兴致地听着播音。在村委会2楼的播音间，派出所民警和村委会主任姚土荣坐在一张简陋的播音台前，面对着一个小小的麦克风，向村民们进行普法宣传。

2012年初公安村启动“平安大喇叭”工程以来，收效甚佳，这些安装在村头巷尾的大喇叭，除了定期定时地播放惠农政策、卫生防疫、农业种养等知识外，也播放一些村里人喜闻乐见的新鲜事、粤剧、歌曲等，同时又将法律知识、政策法规贯穿其中。

村里的电话平安联防系统则让村民们更加安心。村里各户的固定电话、移动电话用户纳入联防组入网，当村民遇到不法侵害或紧急事件时，只要拿起电话，按下事先设定的“#9”，村内所有加入网络的电话和手机就会全部触发，显示出事农户求助或求救信息，联防组成员和村民都能在第一时间赶赴出事农户家中。

岗亭守住村口路口

在镇安镇河西村，笔者看到，该村主要路口设置了治安岗亭和自动栏杆，村中主要路口也安装了视频监控摄像头。治安岗亭顶设有红蓝色警灯，每到晚上自动闪烁，室内设有工作台和值班座椅，路口设有自动升降栏杆，岗亭周边贴有派出所报警电话等信息。河西巡防队队长陈亚灿告诉记者，河西村环山，村口一条水泥路是通往外界的唯一途径，只要守好这条路，犯罪分子就无机可乘，颇有点“一夫当关，万夫莫开”的架势。“在农村，有了这个护村岗亭，就像大城市里高档小区有了门禁和门卫，安全!”

村里还成立了治安巡防队，每两人一组，夜间两班倒巡防，主要巡逻时间段集中在晚22时至凌晨5时。这些治安巡防队员熟悉本乡本土情况，能及时处理村里的突发警情、矛盾纠纷，在走村进户过程中，也及时收集上报群众关注的犯罪线索。目前，各项措施初见成效，河西村治安案发率与2011年同期相比下降了41.7%。

云安县对巡防队工作提出了以下要求：在工作中要立足群众关注的“四点”，即弱点、热点、焦点、盲点；而巡防队员本身要当好“五员”，即法律法规宣讲员、村居治安保卫员、民间纠纷调解员、侦查破案信息员和维护稳定情报员。

加大打击假农资力度

近年来，云安县吸引了一批企业纷纷前来落户，现有重点项目共30多个。为了确保这些重点项目尽快“上马”，当地政府为项目提供了“保姆式”服务，除了安排30名党政干部以全脱产形式服务进驻企业之外，还为企业发展提供良好的治安保障。

2012年，云安县将破坏重点项目建设、破坏生产经营、非法采矿等违法犯罪行为作为重点打击对象，有力地打击了犯罪分子的嚣张气焰，大大改善了该县的投资发展环境。同时，云安县加大了打击假农资力度。近期，该县南盛、石城、高村、六都等地部分果农在多间农资经营店购买“赤霉酸”（俗称920保果药），施喷沙糖桔果树后，出现大量掉果现象。根据群众反映，云安警方立即联合农业、质监、工商部门，深入开展农资检查行动。经检测，初步确定这些“赤霉酸”是假冒伪劣农药。2012年4月17日晚，根据前段调查取证，警方联合多部门开展集中收网行动，捣毁销售假农资网点5个，抓获犯罪嫌疑人7名，查获假冒伪劣“赤霉酸”农药1500多瓶，涉案金额约10万元。专案组还追到广州番禺，将逃匿在此的主要嫌疑人抓获归案，还广大受害果农一个公道。购买了假冒伪劣农药的果农依法获得了部分补偿，村民都为此叫好。

乡贤理事会促协同善治

作为山区农业大市，云浮的农村人口占六成多。目前村民委员会“行政化”，承担大量的行政事务，村民自治没办法着力；村民小组过于单薄和分散，没办法合力，而处于村民委员会和村民小组之间的自然村，是农村传统宗族力量和“熟人社会”主要集聚地，是村民自治最有集聚力的群体。

云安县着力培育发展乡贤理事会，吸纳德高望重的村中族老、复退军人、外出乡贤，围绕调解邻里纠纷、兴办农村公益和协助村民自治，积极促进乡村协同善治。目前，全县已组建1064个自然村乡贤理事会，成为云安县社会管理综合治理的生力军。

以该县富林镇马塘村委大坪一村为例，该村通过发挥外出乡贤的作用，进一步加强村中社会治安管理，积极开展平安进村庄、进家庭活动。自开展生态文明村建设以来，全村没有出现违法上访和黄、赌、毒等违法犯罪现象。村中环境宜居优美，邻里和睦共处，群众安居乐业。同时，还积极开展敬老、助学活动，尊老爱幼蔚然成风，对村中60岁以上的村民实行老年补助，对考上大学的村民给予一定的补助。村民们都说，生活在这里，很有安全感，也有幸福感。

【对话】

云安县公安局指挥中心主任张玉棠：

治安员巡防关注“四点”

南方日报：云安县要求治安巡防队员要关注“弱点、热点、焦点、盲点”，具体怎么讲？

答：立足群众防范“弱点”，就是要做好治安防范员，每天晚上由巡防队员轮流值班，盘查出入村中的可疑人物；立足群众关注的“热点”，就是做好信息员，通过走村进户，及时搜集上报群众关注的犯罪线索，有针对性地落实打防管控措施，重点整治突出的治安问题；立足群众关心的“焦点”，就是做好矛盾调解员，把治安隐患消除在萌芽状态；立足群众防范的“盲点”，就是做好治安宣传员，入户走访主动向辖区群众宣讲“防火、防盗、防抢、防诈骗”的安全防范知识。

南方日报：对假农资行为，我们如何打击？

答：每年的春耕备种时节，也是农资销售的旺季。假农资坑农，应该严打。近来，云安县高度重视农资市场监管工作，全面整治农资经营市场，打击假农资坑农害农行为，切实维护广大农民群众利益。我们加大了重大案件查处力度，对外公布投诉举报电话，严厉惩治制假售假的“黑窝点”。对辖区内无照经营、超范围经营、以次充好、有效含量不足、虚假标识和侵犯他人商标专利权等违规违法行为予以曝光。

南方日报：在乡镇，摩托车被盗也是高发的一类警情。如何打击这类犯罪？

答：2012 年下半年以来，各乡镇盗窃摩托车案件时有发生，我们侦查发现，主要是有一个犯罪团伙屡屡在这里作案。局领导十分重视，组织专案组采取多种手段进行侦查。2013 年 1 月 15 日至 16 日，专案组将这个团伙一举拿下，成功抓获 6 名犯罪嫌疑人。打掉这个盗窃摩托车的团伙后，县城六都镇连续两个多月没有发生盗窃摩托车案件。2013 年以来，全县盗窃摩托车案件同比大幅下降了 50%。近期，云安县公安局还开展了整治摩托车交通秩序行动，共查扣违法机动车 400 多辆，核实有盗抢嫌疑的赃车 6 辆，形成严打严查严处的声势。

【边走边评】

对于一个居住人口不集中、应有功能不完善、城市化水平较低的县城来说，如何做好“平安”这篇文章？云安县利用自身的资源特点，建电话联防做到“一呼百应”、设护村岗亭看好“村门”、动员各方安保力量以及乡贤理事会，拓展传统防控和群防群治工作，让每个人都成为保村居平安的一分子。

汕头龙湖警方盘活治安防控资源，创建平安工业区，“两抢一盗”发案锐减

警企联动处置　防打紧密结合

陈捷生　戎明昌　王君利　黄　文

大路上，民警骑警用摩托来回穿梭；小道里，治安联防队员骑单车巡逻；就连企业的围墙之外，也有企业保安组队徒步巡逻守卫。这样的场景，在汕头龙湖万吉工业区内随处可见。

警力并没有增加，鸥汀派出所依旧只有20名民警；管辖的区域也没有缩小，还是地处城乡结合部的面积约8平方公里的辖区，当中更有人员密集的万吉工业区；然而，“两抢一盗”发案数同比下降了六成。改变来源于一场“创建平安工业区”的大行动，龙湖警方以万吉工业区为试点，盘活治安防控资源，不仅企业保安走出围墙向外多巡50米，企业保安队的对讲机更能直接联到派出所对讲机平台，警企联动构建一张平安防控大网。

【平安样本】

万吉工业区是汕头市内的一个大型工业区，主要产品有通讯电子、汽车部件、皮具箱包、日化用品、食品药品等，每年总产值约50亿元。然而，这里同时也是一个治安管理的难区，区内不光有企业，还有医院、学校等重点场所，附近8个乡的居民回家都要穿行工业区，无法实现围院式管理，属于“敞开型”区域。“创建平安工业区”行动成为了平安建设的突破口。

企业保安向外多巡50米

万吉工业区内企业密集，各个主要出入口都设有治安岗亭，实施24小时轮换值班。工业区的街头巷尾，到处都有身着保安服的巡逻队伍，他们几人一组，在厂区外围来回不定时进行巡逻。他们都是当地企业的保安，在“创建平安工业区”行动开展以后积极配合警方，迈出围墙向外多巡50米。

可别小看这短短的 50 米距离，当企业不再“各扫门前雪”，而是“抱团”发挥邻里守望功能，与派出所巡逻警力联点成片之后，治安情况大为好转。超声电子股份有限公司办公室副主任郑训说，以前工业区内隔三差五会听说某某员工遭遇飞车抢夺，一些女工甚至夜里不敢外出，如今派出所和企业保安队每天联动巡逻，晚上到处警灯闪烁。

企业的保安队伍大多由退伍军人组成，在这些保安队员的身上，笔者发现每个小分队都配备有对讲机。一名保安队员告诉笔者，手头的对讲机不光能与辖区内各个厂的保安队使用同一频道，还可连接鸥汀派出所的对讲机平台，一旦在路面发现警情，只要用对讲机一联系，整个辖区的治安防控力量都能收到，一呼百应，各个点的巡防队可以根据各自的位置进行围捕，犯罪嫌疑人往往就能被“瓮中捉鳖”。

警企联动高效处置警情

鸥汀派出所所长高谊说，辖区范围较广，接到警情从派出所出发到最远的地方要花 8 分钟时间，警方和企业保安队联动之后，在派出所接到警情赶到现场的途中，民警可以指挥巡防力量第一时间对警情作出反应，遇到纠纷时可防止事态扩大，发案时则可发挥协同作战功能，指挥围捕，构筑起一张平安大网。

2013 年 6 月 8 日 19 时，鸥汀派出所接万吉工业区值班保安报警称，在园区京华塑胶厂内发生一宗员工物品被盗窃警情，接报后，分局鸥汀派出所迅速组织警力到达现场进行调查，一方面启动联防机制，组织民警联合工业园区保安力量对园区进行地毯式搜捕； 方面以案发现场为中心，对工厂内以及周边视频监控进行摸查分析。随后派出所在不到 3 小时内，于当晚 22 时许成功在该厂内抓获盗窃犯罪嫌疑人宋某国，现场查获被盗窃的黑色小手提包 2 个、现金人民币 360 元、移动电话 2 部（诺基亚 5233 和七喜 HEDYH701）。经审查，犯罪嫌疑人宋某国对其窜入万吉工业区京华塑胶厂内盗窃的犯罪行为供认不讳。

高谊说，为了更好地强化警企联动功能，派出所还组织各企业制定企业间保安队联系电话表，并安装企业电话报警的捆绑功能，只要一方有事，大家都能快速支援。

社会组织参与平安创建

平安工业园区的创建，既靠防，也靠打。创建行动中，警方以打开路，结合工业园区实际，重点围绕涉黑涉恶犯罪，严打拉帮结派、控制道路、强收保护费和入场费，以殴打、威胁、上路拦截、砸车等暴力手段垄断经营的违法犯罪行为；重点整治在交通运输、废品收购、商品批发、土地征用和房屋征收等重点行业、领域暴力抗法行为，为经营者“非法追数”或提供“非法庇护”等违法犯罪活动。同时，根据时间的推移、季节的变换，适时转换打假的重点。

与此同时，警方主动协调创新社会管理方式，推动工业园区从“管理型”向“服务型”转变。创建行动中，龙湖警方牵头各有关单位，创新行政管理，出入境部门、户政管理部门和区内企业建立直通车制度，服务办证；由区司法局加强法制宣教、法律援助，协助化解工业园区劳资纠纷等各种矛盾纠纷。警方还牵头培育和发展社会组织参与工业园区创建活动，通过培育和发展社会非营利公益组织——工业园区治安理事会，减少对政府的依赖，实现工业园区内企事业单位联合自我管理，自我服务，理事会主要职能是负责筹集资金为工业园区治安防控体系建设提供资金支持，表彰工业园区内奖励见义勇为个人和为维护工业园区社会治安秩序作出突出贡献的先进集体和先进人物，慰问同各种刑事犯罪活动作斗争的有功人员，切实解决创建活动所需费用，减少对政府部门的依赖，形成长效机制。

【对话】

龙湖区副区长、公安局长肖晓东：

六大“平安工程”构筑大治安格局

南方日报：万吉工业区在平安创建中“两抢一盗”锐减，关键点在哪里？

肖晓东：主要是盘活了工业区内的治安防控资源，警力有限，民力无穷，我们协助企业完善内部保安队伍管理和制度建设，将治安视频监控点纳入一网集中管理，使园区和周边治安防控连成一片，同时突出重点打击各类侵犯企业权益的涉黑涉恶和制假售假行为，牵头推进社会管理创新，提升了行政机关服务企业的质量和效率。目前，平安工业区的创建行动已经推广到龙盛、珠津等其他六大工业区。

南方日报：思路是如何出炉的？

肖晓东：龙湖是汕头经济特区的发祥地，是汕头市的政治、经济、文化、金融、商贸中心，是粤东地区的交通枢纽中心，国际码头、海湾大桥、火车站、深海高速入口都在这里。针对原来辖区经济环境比较优越、人流比较密集、街面犯罪比较猖獗的状况，我们希望通过静态和动态相结合的防控，最大限度地来压缩违法犯罪的空间。

南方日报：平安工业区只是平安建设的一部分，龙湖整体的治安格局是什么？

肖晓东：紧密结合市委、市政府部署的“平安细胞”工程，结合龙湖区的实际，我们在辖区部署实施了六大“平安工程”，除了“平安工业区”外，还在同步创建“平安一条街”“平安住宅区”“平安村居”“平安校园”和“平安场所”，六大工程包揽下来基本实现了城区治安防控全覆盖，构筑起了大治安格局，其中每一个板块、每一项工程作为平安细胞工程的一个组成部分，都能达到以小治安促大治安的效果，充分体现技防、人防、物防紧密结合、优势互补，彰显立体化防控理念。

【边走边评】

一个原本治安防控压力较大的“敞开型”工业园区，通过防控手段的“转型升级”，实现了治安状况的好转。当中，平安细胞的理念，警企联动的模式，值得同类型的工业园区学习借鉴。最重要的一点，平安创建工作需要一步一个脚印，只有扎扎实实，才能走得更稳，走得更远。

梅州大埔蝉联“全国平安建设先进县”称号，14 个镇全部是“梅州市平安镇(街)”

警民携手织就小山城的大平安

洪奕宜　曾祥龙　何苏杭　苏加桥

【平安样本】

从梅县一路向东，就到了地处粤东山区的大埔县。道路两旁树木葱茏茂盛，清澈的梅谭河蜿蜒向前，梯田阡陌纵横，层层叠叠。乡间公路旁，山谷高坡间，一座座白墙墨瓦的旧宅子，时不时跃入眼帘。岁月从山间清泉间流过，从一花一木中流过，从疏密有致的别致古居流过，不经意间刻下了年轮，却更有韵味。

大埔县历史悠久，山清水秀，民风淳朴，是广东省山区贫困县之一。虽然贫困，但“平安”的金字招牌却极为耀眼。2013 年 5 月 31 日，大埔县被中央综治委评为“2009 至 2012 年度全国平安建设先进县”，这是该县继获评“2005 至 2008 年度全国平安建设先进县”之后第二次获此殊荣。

多级联防保护古民居

大埔客家文化厚重，全县有大大小小上千座古民居，这些古民居的门罩、柱子、窗栏等处都饰以砖木、石雕，而屋檐、屋顶等处均有各种人物、花饰等木雕。这些古建筑是历代文化在建筑风格和艺术上的象征，不仅有很高的文化价值，而且有可观的经济价值。于是一些盗贼打起古文物的主意。

一天凌晨，西河镇大靖村两名护村队员在巡逻时，发现一辆皮卡小货车停在三岔路口，而道口百米处就有一座古民居。护村队员觉得不对劲，一边报警，一边叫上其他队员，带上木棍等家什折回三岔道口。护村队员将小货车拦截下来。发现车上绑着一张古案桌。民警随后赶到，将 6 名涉案人员悉数抓获。

古民居少有人居住，居住者又多是老者，如“继志堂”这个偌大的老屋仅居住有 10 人，其中有 7 人都是 60 岁以上的老人。百年古民居难守，给盗贼可乘之机，再加上山区治安相对平静，村民对古民居的防盗意识不强，盗贼往往易得手。目前大埔县有近200座较有规模的古民居列入重点管理范围。

了解情况后，大埔警方对全县古民居进行排查，民警走村串户，向当地群众宣传安全防范工作。同时还建立多级联动责任制，对列入保护的古民居，由镇干部、村干部和群众落实责任，每晚轮流看护，派出所加强巡逻，村里加强检查；并进一步落实派出所、国土所、文化站等相关部门责任，防止出现古民居构件被盗、在保护范围乱搭乱建及改变古民居原貌等破坏行为。

“捆绑式”综治警务服务群众

30出头的张继锋担任西河派出所所长已8年。西河所深藏深山，却连续三年被公安部评为“一级派出所”，这样的荣誉对只有4名警力的山区派出所而言，难能可贵。张继锋也由此荣立个人二等功。

“麻雀虽小，五脏俱全”，西河派出所所有工作都井井有条。民警办公室，柜子里整整齐齐摆放着一大摞档案资料。有报警登记、值班日志、特种行业管理、扣押物品登记、流动人口登记、执法规范化建设等一系列专业业务，也有法制副校长工作档案、治保人员联系登记、防范宣传资料等联系群众的日常记录。

为解决撤并镇后边远山区村民办事难和治安防范比较薄弱的矛盾，大埔县推出“综治警务”模式。在人口集中的撤并镇，将“综治工作站”与“警务工作室”结合在一起，机构隶属于镇党委、政府，成员由政府各部门人员组成，每天安排工作人员值班，确保群众“来访有人接”“遇事有人办”“报警有人处”。这种捆绑警务模式，解决了警务室警力不足的问题，有效维护了治安。

大埔县村民长期以来依靠“九山半水半分地”过日子，都是以种植农作物和饲养牲畜维持生计。可是从2013年3月份以来，大埔辖区内发生多起奶羊被盗案件。大埔警方迅速启动区域联防机制，成立专案组联合派出所侦办案件，确定嫌疑车辆后，将情况向各派出所通报。同年4月21日凌晨，该团伙再次在西河镇北塘村伺机作案时，专案组民警和西河派出所及邻近的茶阳派出所民警联合出击，将该团伙3名犯罪嫌疑人一举抓获。犯罪嫌疑人黄某、黄某钗、颜某交代，盗窃了40只奶羊，涉案价值达12余万元。

边界相邻各镇“轮流坐庄”防控

大埔县东邻福建省平和县，南接潮州市饶平县和梅州市丰顺县、西邻梅县，北连福建省永定县。作为行政区域的交界处，大埔其实很容易被违法犯罪分子选择为作案的便利地域。对此，大埔警方早已开展了有针对性的部署，与邻近省市县的兄弟单位建立了顺畅的沟通渠道，如“闽粤赣龙岩梅州赣州治安联防协作”联防机制。这种机制的触角还延伸到村一级，如光德镇与周边的饶平县新丰镇、三饶镇，以及各镇下辖的村，每年定期派出代表集中在一起商讨治安联防问题，由各镇“轮流坐庄”。

这种常态化的联防机制，最明显的效果就是消除了边界地区的治安管理真空状态。分属梅州、潮州的派出所经常联合开展行动，哪一方需要协助的时候，其他协作单位便可以在最短时间内得到信息，展开协作。

2012 年，福建龙岩市永定县发生了一起抢劫金铺案，犯罪分子持枪抢劫了 80 多万元的金银首饰。犯罪分子具有很强的反侦察能力，作案期间几乎没有留下蛛丝马迹，初步侦查是经大埔而来，永定警方决定请求大埔警方协助调查。大埔警方经过大量的查阅，找到了侦查突破口。原来，该嫌疑人是广西籍人，此前也曾在湛江抢劫金铺后逃脱，在网上物色到了大埔，原以为这是三省交界地带，作案易得手逃脱，便从湛江坐大巴来到大埔，停留数日后才到永定作案，后在海南落网。

【对话】

大埔县副县长、公安局长温启龙：

少发一宗案就多一份安全感

南方日报记者采访了大埔县副县长、公安局长温启龙。他说，少发一宗案，群众就多一份安全感。大埔县已连续 4 年没有发生重大刑事案件和治安案件，没有发生重大安全生产责任事故，实现了刑事发案连续 8 年稳中有降。

南方日报：大埔的 14 个镇全部被评为“梅州市平安镇（街)”，挺不容易。有哪些好的工作机制?

温启龙：这几年来，我们坚持情报信息主导维稳工作的理念，以建设信息平台为载体，建立维稳工作机制。一是建立了与上级业务资源共享、与网警和各基层情报互动的工作机制；二是建立了重点人员稳控机制，进一步提高维护社会稳定的能力；三是建立了基层情报信息队伍网络机制，在全县 255 个村（居）建立村级情报信息员队伍，全部覆盖到镇村一级。村级情报信息员队伍建立两年多来，共收集治安情报信息260多条，及时快捷全面掌握社会治安动态，为处置各类警情掌握了先机。

南方日报：大埔县地处粤东山区，多数青壮年要么外出务工，要么经商创业，留守在村里的大部分是老人和儿童。对于这个治安薄弱环节，我们有什么好做法？

温启龙：我们联合电信部门推出基层农村“电话平安联防”活动，村民如果遇到急病或危难，只要按下预先设置的数字键，就能够发出紧急求援电话，附近村民和有关部门就能快速前往支援，目前，全县共有2.6万户农户加入基层农村“电话平安联防”活动。

南方日报：这几年大埔的治安形势也一直比较稳定。

温启龙：在做好防的同时，我们一直坚持严打整治行动，对各类侵财案件绝不手软。比如2013年5月1日凌晨6时许，110指挥中心接到报案称一辆小轿车刚被盗，我立即指令湖寮派出所民警迅速出警，并指令民警上路设卡拦截，不到1个小时，民警就查获被盗的小轿车，并将窃贼黄某抓获。少发一宗案，群众就多一份安全感。大埔县已连续4年没有发生重大刑事案件和治安案件，没有发生重大安全生产责任事故，实现了刑事发案连续8年稳中有降。

【边走边评】

A城警方搞行动，罪犯就跑B城；而B城一搞行动，罪犯就跑A城。这种一地治安好转，另一地治安反弹的“跷跷板”现象，反映的是两地相邻边界地带的治安困境。狡猾的犯罪分子专盯空子，流窜作案。大埔正是处于这种行政区域的交界地带。而作为一个受限于人力、财力、物力的山区贫困县城，还是依靠自身的努力，创下了连续4年未发生重大刑事治安案件的好成绩，实属不易。

茂名机关民警走出办公室，佩上 4 斤单警装备上街执勤

“五长”带班巡逻构筑立体防控网

赵琦玉　陈捷生　柯科　郭建光

【平安样本】

民警巡逻并不算是新鲜事，然而让平日里坐在政府大楼里的公安机关公务员定期像巡逻民警一样走上大街小巷配枪执勤，在警力紧张的茂名还是第一次。

2013 年 4 月 10 日，茂名全面启动“五长”带班巡逻工作机制，由公安机关的局长、支队长、科长、所长、队长带领民警，分路段、不定时开展路面巡逻，构建多警种整体作战、交叉渗透的治安巡逻防控网络，挤压违法犯罪空间。

“五长”巡逻新模式
机关民警配枪上街执勤

2013 年 4 月 10 日，《茂名市公安局开展市区“五长”带班巡逻工作方案》（以下简称《方案》）正式下发，意味着公安机关的尝试“五长”带班巡逻在茂名正式铺开。

何谓“五长”？茂名公安局巡警支队支队长、“五长”带班巡逻工作领导小组主任陈泓淞介绍，市公安局班子成员为“一长”，县区班子成员为“二长”，支队长（包括市直机关的科室）、大队长（县区科室）、派出所所长分别为“三长”“四长”“五长”。

“‘五长’带班巡逻的方案不是拍脑袋出来的。”陈泓淞说，2012 年在公安部统一部署下，开展深化“三访三评”的时候，茂名群众普遍反映街面警力不够。副市长陈克当时就提出，只要人民群众渴望我们做的，我们能做的，就尽量满足群众要求。

《方案》要求，局长每月不少于 1 次带班巡逻，其他局领导带班巡逻不少于 3 次，各科科长、车管所、监所所长以及刑警、交警支队的大队长每月不少于 4 次。《方案》按 5 个警区划分主要巡逻区域。

"除巡警可以采用汽车和徒步相结合的巡逻方式，其他巡逻人员均采取徒步着装方式。巡逻民警统一着执勤服、戴警帽，带警棍、手铐、辣椒喷雾器、手电筒，每小组配一台对讲机，巡逻组长还要求配枪。"陈泓淞说。

有意思的是，督察支队还要监督各单位巡逻勤务落实情况。根据《方案》，"五长"带班巡逻的具体时间根据工作实际自行安排，但不能少于规定次数，每次巡逻时间不少于2个小时，每月月底，单位带班领导的巡逻情况必须登记台账以备查。

"到达和离开执勤点，'五长'都要报告，我们还有摄像头，随时抽查有没有人'偷懒'。"陈泓淞说，从《方案》实施至今，有个别县区科室人员"偷懒"被发现。"《方案》规定，对落实不到位的单位要予以通报批评，此外，'偷懒'人员所在单位的绩效考核将受到影响。"有民警告诉记者。

"边巡边访"新气象
到一线体验 改民警作风

2013年4月初，茂名公安局指挥中心主任方杰被告知，以后工作将加多一项新任务——上街带班巡逻，且每月不少于3次。过去从警11年，方杰主要在办公室处理公务。

像方杰这样，因"五长"带班巡逻新制度，首次从机关走出，穿戴单警装备走上路面巡逻的民警，还有不少。

2013年9月13日，第15次当值的方杰是这样度过的：17时30分下班，19时30分集合领装备，20时抵达片区正式巡逻。

"我是方杰。我在高凉路，我们这里有3名民警。现在开始巡逻。"用对讲机向指挥中心汇报了情况之后，方杰配枪带着其他2名民警开始在高凉路上巡逻。

在接下来2个小时里，方杰在高凉路主干道和小街巷来回巡逻了10多圈，胸前的对讲机不时传来服务中心发送过来的新情况。

方杰告诉记者，"五长"带班巡逻制度正式"出街"前，机关民警们统一接受了培训，分发到手的《警情处置指引》也对各种突发情况的应对进行了详细介绍。

根据《方案》规定，民警巡逻职责包括维护巡逻路段内治安秩序，参与处理接收到的110警情；预防、制止、打击各类现行违法犯罪活动；制止、劝阻、调解各类纠纷；参与突发事件；疏导交通秩序；盘查违法犯罪嫌疑人；协助处理精神病人、醉酒人的肇事行为等。

2013年5月1日，茂港公安分局霞里派出所负责人带领民警在巡逻路段执勤时发现路旁两名骑摩托车男子形迹可疑，上前盘查。见状逃跑的两名男子最终被抓获，民警从他们身上搜出23包冰毒，摩托车则有被盗记录。

除了带班巡逻，“五长”们还要“边巡边访”，《“五长”带班巡逻走访问卷》是他们的另一项“标配”。问卷包括请民众给“五长”巡逻打分、给社会治安提意见等。

“指挥中心在‘五长’带班巡逻中负责调警、研判，直接带指挥中心民警到一线体验，增加了对一线警情的了解，也有利于改善机关作风。”方杰说。

据统计，截至2013年7月中旬，“五长”带班巡逻警力处理警情11399宗，打击现行违法犯罪190起，调解各类纠纷474起，盘查可疑人员10477人次，检查可疑车辆10880辆，抓获现行违法犯罪嫌疑人262人，查获被盗抢机动车47辆，缴获毒品252克。

勤务改革新思路
最优化有限警力配置

实际上，“五长”带班巡逻，是公安机关勤务改革先行的一着棋。

“机关警力最大限度下沉街面，提高了见警率，巡警由过去单一的巡逻处警，转变为集接受立案、侦查、办案、巡逻、处置各类突发事件于一体的综合作战型专业队伍。”陈泓淞以巡警支队为例。

“五长”带班巡逻实施后，由于全警参与，街面巡逻的压力得到很大缓解，巡警支队得以抽出更多时间和精力重点打击犯罪。像此前，现有152名民警的巡警支队除了特警、备勤，其余4个大队转变中心职能，向专业打击“两抢一盗”转变。

2013年7月，警方发现，一伙青年驾着小车利用汽车假牌、叠牌、迷彩布遮挡牌的“碰瓷三保险”，加上弯道、砍刀、水管的“抢劫三武器”，故意制造“撞车”事故截停车辆，持械抢劫，疯狂作案10多起。经过一个多月的侦查，警方在8月份连同高州当地100多名群众，将5名作案青年抓获。

陈泓淞告诉记者，“五长”带班巡逻实行以来，巡警支队已经端掉8个团伙，拘留23人——其中20人被逮捕，17人被起诉。

根据最新数据，2013年4月10日至8月31日，茂名市接报刑事警情同比下降25.2%，其中抢劫、抢夺、盗窃警情分别同比下降40.5%、26.1%、28%。

“城区的违法犯罪空间被挤压了，犯罪分子可能转向城郊。我们要继续将警力纵深部署。”陈泓淞在进行群众回访过程中，常会听到群众不同的呼声，比如希望多走走小街小巷，多巡巡城乡结合部、郊区等，这些建议促成了“五长”带班巡逻的不断完善。根据《关于进一步加强“五长”带班巡逻的通知》，接下来茂名还将进一步延伸巡逻区域防止治安“死角”，扩展巡防工作内涵，实现“五长”带班巡逻制度化、规范化、长效化。

【对话】

茂名副市长、市公安局局长陈克：

“五长”巡逻从重点道路延伸到城郊

南方日报：创新“五长”带班巡逻制度，是出于什么样的考虑？

陈克：茂名公安系统有民警 4510 名，占总人口的万分之六，比例在全省倒数第一，警力严重不足。“五长”让全警动起来，屯警街面，提高见警率。

更重要的是，我觉得我们的理念要转变。公安机关是以打击违法犯罪为主，现在，我们不仅要缉凶惩恶，也要做好服务。“五长”上街，让民警们，尤其是机关民警们，走近一线，听听群众想什么，需要什么。

我们不仅要巡，还要访。这样，我们一边工作一边暗访一边监督，就知道，噢，原来群众希望我们进一步扩大巡逻范围，将小街小巷也纳入执勤范围。

机关很少参加街面巡逻。我们经常思考，怎样转作风？我觉得就是要行动起来，让他们感受基层滋味。我们只不过是早想了一步，公安机关系统迟早要这么想。

南方日报：本来是坐办公室，现在却要上街头巡逻，民警一开始会不会有不同的声音？

陈克：是的，有的民警一开始不理解。我认为，除了在工作生活中要更关心他们，经常和他们谈心、改善他们的生活质量，领导带头做好榜样也很重要。

我常说，“五长”制度不仅提高了民警形象，让民警更好地掌握社情，还锻炼了民警身体——你看，我们巡逻一圈下来，身上全汗湿了，正好当减肥。“五长”制度还让民警的家庭更加和谐了，以前家属老担心民警下班后是不是去喝酒唱 K，现在也不用担心了，因为他们就在大马路上。

南方日报：下一步“五长”制度将如何完善？

陈克：“五长”制度要再加温。我们计划将带班巡逻的范围从重点道路、城区延伸到城郊。接下来，我们还要重点抓民警执行力的问题。

第二篇　打击破案

打击犯罪是公安机关保障民生、促进社会和谐的首要任务。在做好治安防控的同时，更要通过以打促防，将打击的矛头直指恶势力犯罪、暴力犯罪和“双抢双盗”等多发性侵财型案件，把违法犯罪分子的嚣张气焰狠狠打压下去。

由于各地的治安状况和特点均不相同，决定了各级公安机关着重针对打击的案件类型也有所区别。比如，粤西地区的阳江，耕牛被盗是农民最为痛心的事，尽管只是小案子，但阳江警方对盗窃耕牛案十分重视，尽可能快破案、多破案，帮村民找回“命根子”；在佛山，飞车抢夺是极为突出的一类警情，南海公安机关便组建了打击街面犯罪专业队，在一系列创新的侦查、抓捕理念引领下，大大提升了打击效能，让犯罪分子闻风而逃；在江门，依然有不少人听信高薪诱惑而落入传销陷阱，新会警方连端两个传销组织窝点，毫不手软；在深圳，毗邻港澳的特区优势使得这里各类经济活动极为活跃，跨境伪卡盗刷、虚开发票骗税、制造假发票等经济案件类型突出，也成为深圳警方严厉打击的主要案件类型。

什么案件高发就打击什么，什么问题突出就整治什么。对于各地警方来说，打击犯罪，保民生、保稳定、促发展，这是核心要务。

阳江全市各区县2013年4月份平均逾20天“双抢”案件“零报警”

小案“多”破　大案“快”破

洪奕宜　曾祥龙　陈明秀　谭国色

2013年4月24日下午，6名村民各自牵着一头黄牛，从阳西县公安局新圩镇派出所走出来，他们个个笑得合不拢嘴：“本来以为牛被偷了再也找不回来了，没想到当天警察就把贼抓住了，牛也找了回来，给我们帮大忙了！”这些村民住在30多公里外的茂名市电白县电城镇填庄垌村，阳江警察破获耕牛团伙案，帮邻市电白县村民把耕牛也一并找了回来。

“什么案件高发就打击什么，什么问题突出就整治什么，更快地破大案，更多地破‘小案’，有力打击群众反映强烈的盗抢、诈骗等多发性案件，切实提升整体侦查破案效能。”阳江市副市长、公安局长林春生要求，全市公安机关要围绕“主动防范、精确打击、以打促防、打防并举”的理念，严打各类违法犯罪。

金杯银杯不如老百姓的口碑。全省各地近几年的调查结果显示，阳江公众安全感和公安工作群众满意度均高于全省平均水平，2011年均逾90分。如今，阳江社会治安持续向好，日均接报各类刑事警情20多宗。2013年4月，全市各县（市、区）平均有21.8天“双抢”案件“零报警”，其中有的县区“双抢”案件“零报警”天数达29天。

【平安样本】

智擒“牛魔王”

“6头牛都被偷了……”2012年12月13日早上7时许，江城区岗列街道沙格村村民佘某来到村里农田附近的一处土堆，惊讶地发现拴在这里的6头耕牛不翼而飞，慌忙拨打110报案。

2012年10月以来，阳江市各县（市、区）发生多起耕牛被盗案件。耕牛仍是农民的重要劳动工具，而一些不法分子竟将罪恶的双手伸向了农民的“命根子”。“有的老人家丢了牛，痛哭流涕，我们也很难受，我们能做的就是尽快打掉偷牛团伙，把耕牛找回来。”阳江市公安局刑警支队副支队长谢志昂对笔者说。

盗窃耕牛案件与一般的盗窃案不同，发案地都是郊外田地或山坡，目击者少，现场难以找到有价值的线索，且犯罪分子都是异地作案异地销赃，一旦牛被宰了，就无处可寻。而且，这种快偷、快逃、快销的作案方式，令案件侦破难度增大。

在案发现场勘查时，民警在一堆湿牛粪下面有了重大发现：一块车灯架和车灯片。这极有可能是犯罪分子作案后现场留下的物证。专案组决定调取有关路段监控录像，“以车找人”。经过连续7天7夜翻看各交通卡口图像，在密集排查了几万辆机动车后，民警最终锁定了一辆可疑的东风小霸王货车。随着警方的深入调查，两个频频往返于云浮和阳江之间作案的罗定籍特大跨市盗窃耕牛犯罪团伙浮出水面。在市公安局精心部署下，2013年2月，一场跨区域多警种联合作战的擒拿“牛魔王”战役迅速打响，7名疑犯落网，警方破获系列案件50多宗，涉案耕牛70多头、总价值五六十万元。

村民们感激地说，是警察帮他们找回了“命根子”。

在阳西县公安局刑警大队范国志看来，“我们只是做了警察应该做的事。”他告诉记者，总结耕牛被盗案件，他们发现农民们粗放型的饲养模式给了犯罪分子可乘之机。所以，派出所的民警走街串巷分发宣传单张，提醒村民们要提高安全防范意识。

接连打掉多个偷盗耕牛团伙，兼以防范宣传手段的加强，连续一段时间，阳江辖区暂无接到类似警情，村民们感觉安心了不少。

铁拳打“盗抢”

按照阳江警方的思路，小案要“多”破，大案则要“快”破。

阳江警方以信息化引领整体作战，重点加强对本辖区盗抢、诈骗等案件的作案特点和规律进行预警分析，通过深化视频侦查、多轨联查、卡口查缉等技战法，深度研判，精确打击，确保打深、打透、打彻底，努力实现“破一案、带一串、稳一片”。

2012 年下半年开始，市区和阳东、阳西、阳春等地发生多起以撬门窗、攀爬在建房排栅、技术开锁等方式，入室盗窃保险柜、现金、金器等贵重物品的系列案件，事主财物损失大，社会影响恶劣。

案发后，阳江市公安局、江城分局两级刑侦部门迅速联合成立专案组展开破案攻坚，技侦、网侦等部门人员也进驻一线参与破案。通过现场勘查和分析研判大量视频资料，警方认定上述系列案件应是同一团伙所为，于是展开并案侦查，在 2013 年 1 月 16 日晚抓获以何某为首的 6 名嫌犯，破获系列案件 60 宗。

在专项行动中，市公安局强化统一指挥、统一组织、集中侦查、集中收网等措施，改变各地公安机关画地为牢、各自为战的格局，实行跨区域作战，提升整体打击效能。具体来说，刑警部门充分发挥主力军作用，整合和强化情报、侦查、技术等部门力量，实现多警种资源的充分共享和互联互通，提升快侦快破重大、疑难案件效能；各警种、各部门及时交流案件信息，通报案件线索，协同作战。

合成战取得了实效。2013 年 1 月 1 日至 3 月 17 日，阳江警方掀起“打盗抢保民安”专项行动，共打掉“盗抢”犯罪团伙 53 个，抓获犯罪嫌疑人 573 名，刑事案件破案率同比上升 44. 7%，“盗抢“案件均不同幅度下降。

主动出击　将案件扼杀在萌芽状态

对于一些可能发生的重特大恶性案件，阳江警方主动出击，力求将案件扼杀在萌芽状态。

2013 年 5 月 7 日，阳江警方接到一则情报线索，称有一团伙密谋在阳江实施绑架勒索。接到线索后，阳江警方高度重视，认真做好案件研判，提前做好预案。“绑架案件属于恶性刑事案件，一旦绑架成功，不可控因素增多，处置起来难度较大，所以，我们一开始的预案，就是尽力在绑架实施之前将犯罪嫌疑人抓获。”阳江市公安局刑警支队副支队长谢志昂说。

由于该犯罪团伙的身份信息、长相特征等均不明确，给案件侦查带来难度。警方在重点场所、路段加大警力巡查，大范围搜寻犯罪团伙的踪迹。5月8日凌晨时分，当该团伙正在市区石湾路企图物色目标作案时，专案组民警成功将2名男子抓获，随后在一民宅将另一名疑犯抓获。

经审讯，这3名男子此前通过QQ密谋作案，打算找个有钱人勒索100万。他们已经准备好电棍、头套、扎带、刀子等工具，没想到还没下手，就栽在了警方手里。

在强化打击的同时，阳江警方加大严防严管力度，大力压减犯罪空间。巡警、巡防、联防、保安等防控队伍最大限度地压到街面，加强线上“巡”“盘”，点上“伏”“卡”，面上“清”“收”等六项措施，提高市区街面“见警率”和“管事率”，加强对密集场所、治安复杂地区的巡逻防控，加强对重点复杂部位和居民区的巡逻守护，营造严打整治的高压态势，震慑和打击抢劫、抢夺、盗窃机动车等街面现行违法犯罪。

【对话】

阳江市公安局副局长邝雄明：

打击犯罪要“快、准、狠”

南方日报：阳江警方严打各种违法犯罪，在“快、准、狠”上下功夫，如何做到这三个字？

邝雄明：快，就是反应快、出警快、破案快，这个要求各部、各警种要树立一盘棋思想，上下联动，一呼百应，要资源共享、协同作战；准，就是有的放矢、出手即胜，运用视频监控等多种手段为我所用，实现精确打击；狠，就是要打团伙、摧网络，把犯罪分子打得不敢来作案，作案后也难以逃脱。通过这些措施，大幅压减发案。

南方日报：打团伙、摧网络，要比简单侦破一单案件下更大的功夫吧？

邝雄明：对盗抢、诈骗等多发性侵财案件，不能就案论案，否则打不胜打。“伤其十指、不如断其一指”，要根据其团伙性、系列性、流窜性的特点，创新打法，将犯罪团伙一网打尽，将犯罪网络彻底摧毁。

南方日报：据了解，现在阳江的“盗抢”案件都控制在每天3宗以下。

邝雄明：阳江的基础打得比较好，一有犯罪，露头就打。我们每天接报的刑事警情在20多宗左右，经过2013年一季度的“打盗抢”专项行动，“盗抢”案件平均每天1到2宗，一超过3宗，我们就会马上对警情加以研判，压力很大。

【边走边评】

每天接报20宗的刑事警情，这对一座城市而言是个什么概念？我想，数字从一方面印证了这里的老百姓安全感应该比较高。阳江公安的经验很朴素，却很管用：那就是紧盯民生，把群众的满意度作为第一标准来开展工作。所以，他们在快侦大案的同时，对诸如耕牛被偷这样的“小案”也一样重视。老百姓的口碑为公安工作打了高分。这也就不难理解，为何阳江公安的群众满意度在同类别单位中能位居第一。

佛山南海组建打击街面犯罪专业队，对付职业化“飞抢”团伙

阿 sir 接力出击　飞贼插翅难逃

洪奕宜　曾祥龙　温庆祥　吴学军

【平安样本】

2013 年 5 月 29 日凌晨，在佛山盐步河西黎边村村口，一辆逃窜至此的黑色凌志小轿车刚一驶进村口，一声尖锐的车轮爆破声响彻夜空，尽管小轿车继续疯狂逃窜，但终于还是因车轮破损严重，不得不停了下来，两名专盗货车柴油的“油耗子”也乖乖束手就擒。

这一次漂亮的星夜战役，得益于佛山南海警方组建的打击街面犯罪专业队，在一系列创新的侦查、抓捕理念引领下，大大提升了打击效能，让犯罪分子难逃法网。

2013 年以来，南海警方共抓获街面犯罪嫌疑人近千人，捣毁各类犯罪团伙 24 个，破案 305 宗。2012 年底至今，大沥辖区的“飞抢”原始警情同比下降53%。

建“飞抢”名单库

2011 年，佛山南海公安启动警务体制改革，将原来的 17 个派出所整合为 8 个，黄岐、盐步、大沥三个派出所合并为现在的大沥派出所。为适应这次机构撤并调整，2012 年底，大沥派出所将原有三支打击犯罪专业队整合成一支“打击街面犯罪专业队”，民警加辅警达近百人的规模。

“对付职业化的飞抢团伙，我们需要专业队来重拳打击。”大沥派出所副所长刘谋耀介绍，专业队针对三大环节分设了 3 个功能组：图侦组、抓捕组和办案组，一条龙无缝衔接。

图侦组有一个强大的资源库——飞抢犯罪嫌疑人资料库。与警方打过交道的飞抢嫌疑人，身份信息、照片等资料都被录入该名单库，仅仅照片一项，就包括了前、后、左、右、45 度角俯视等多个方位照相存档。刘谋耀告诉记者，为了让专业队更清晰地比对辨认嫌疑人特征，还专门在其头戴头盔的情况下拍照。截至目前，已有近 200 名飞抢嫌疑人“榜上有名”。该资源库的设立，大大提高了对飞抢嫌疑人的管控，对犯罪分子也发挥了震慑作用。

“猫鼠同步”接力打“飞抢”

在抓捕环节，专业队通过创新抓捕方式方法，大幅提高抓捕率。“我们总结出了三种抓捕理念和方式，‘猫鼠同步’式抓捕、‘分组接力’式抓捕、‘包围圈’式抓捕。”刘谋耀介绍。专业队会根据每日对“双抢”警情的分析，总结“两抢”特别是“飞抢”案件的规律特点，实现错时弹性上班，只要犯罪嫌疑人出来作案，专业队员立即同步上班抓捕。

“分组接力”式抓捕，即以“接力棒”的方式接力追截围捕。例如，第一组专业队员发现疑犯得手后，马上实施跟踪的同时，通知第二组队员在嫌疑人有可能逃跑的线路上进行蹲守，犯罪嫌疑人在高速逃跑时只注意后面是否有人跟踪，并没有留意前面蹲守抓捕的人员。这种前后接力夹击的方式，既充分盘活了团队能量，也对实施跟踪的专业队员起到很好的掩护作用。

“包围圈”式抓捕，即抓捕队员利用熟悉的地形进行密集布控，截断犯罪嫌疑人可能逃跑的路线，只要疑犯出现，立即群起而围之，使其插翅难逃。

这几种抓捕方式在实践中常常综合运用，在提高抓捕成功率的同时，也最大限度地保证了疑犯、群众和抓捕队员的安全。

释放前再次进行思想教育

刘谋耀告诉记者，目前在街面飞抢大致有以下三类情况：一类是职业的行匪，一类是以抢养吸（吸毒）、以抢养赌，还有一类是“炒更型”。“炒更型”主要是搭客佬，他们作案纯属见财起意的偶然性犯罪，破案难度有时并不亚于那些职业飞抢团伙，需要专业队员以更为锐利敏感的双眼去盯紧。

有一次，一名专业队员在路上巡逻时发现，有一位搭客佬形迹可疑，开车时双手抖动得厉害，似乎是紧张所致，其神情也不太自然。民警于是上前拦了下来，经询问搜查，在其身上搜出了一部 iPhone4 手机，搭客佬自称是“捡回来”，但很快露馅了——事主打来电话称自己的手机被抢了。证据面前，搭客佬很快招认：十几分钟前他搭客到盐步放下，转身时发现有一女子一边打电话一边朝他走了过来，见到 iPhone 手机，那一瞬间，他动了歪念，一转身抢了手机就开车跑了，没想到回到大沥后，还是被警察逮住了。被抓后，他幡然醒悟，但为时已晚。

在对这类“炒更型”飞抢情况做研判后，办案组决定从源头抓起，专门召集了辖区近 800 位搭客佬进行培训教育，以案说法，帮助他们分析利弊，认识到一时贪念可能带来的严重后果。

对那些刑拘不批捕而被释放的犯罪嫌疑人，专业队的工作还没有结束，他们创新教化方式，将这些犯罪嫌疑人由看守所接回来后，再次进行思想教育和政策攻心，“目的就是告诉他们，浪子回头金不换，如果不知悔改，继续顶风作案，警方绝不会轻易放过他们。”刘谋耀说。

【对话】

南海公安分局局长黎建军：

积小安为大安　积小和谐为大和谐

南方日报：组建专业队打击街面犯罪，有哪些优势？

黎建军：近年来，针对街面犯罪特点的不断变化，我局积极探索创新，建立了以情报信息为主导，以专业化打击为抓手，以提高打击处理率、全面压制发案率为最终目标的打击街面犯罪新模式，成立了多支打击街面犯罪专业队伍。这样的专业队伍优势很明显，一是更“精”，每个队员都有一技之长；二是更“专”，每个队员都熟练掌握摩托车技巧、识别嫌疑人、交叉跟踪、围追抓捕等专业技能；三是更“准”，以情报信息为导向，实现精确打击。

南方日报：除此之外，听说也组建了其他几支专管队伍。

黎建军：对，一支是流动人员管理队伍，加大对流动人口和出租屋的信息采集、更新力度；一支是外国人专管队伍，主要在大沥、狮山等镇，落实了社区民警外管职责；一支是行业场所专管队伍，督促全区500多间重点行业场所安装统一的视频监控，实时视频巡查，减少“黄赌毒”现象。

南方日报：两年前南海通过合并派出所来优化调整结构，现在派出所下面设警务区，又是出于什么考虑?

黎建军：是按照“一镇（街）一所”来设置，线条明晰，好管理。整合后，派出所的规模大了很多，小的派出所有一二百人，大的有五六百人。我们在派出所下设警务区，正是因应这一变化所作出的调整，推动警力下沉，压向乡村社区、街头巷尾，零距离服务群众，近距离打击防范。设立警务区就等于给民警划分了责任田，促使民警主动开展工作、提升服务，争取将基层一线的问题在内部协调解决，以“积小安为大安，积小和谐为大和谐”。

【边走边评】

老鼠到哪里，猫就跟到哪里；老鼠变狡猾了，猫也要讲方法、讲策略，才能将老鼠一网打尽。南海的打击街面犯罪专业队，在实践中牢牢抓住“猫和老鼠”理论，以动制动，巧妙跟踪包抄，多次上演“瓮中捉鳖”。打击专业化对付犯罪职业化，这条路走对了。

汕头澄海警方严打仿真枪假玩具，联动警务护航辖区经济

“利剑”出鞘　除枪患　端假窝

陈捷生　戎明昌　王君利　姚建镐

一场代号为“利剑”的区域性专项行动，正在汕头澄海区强势拉开。行动中，澄海警方集结优势兵力，集中力量对本地非法制贩枪支、仿真枪问题进行摸排清查、打击整治，目前取得阶段性成效。“利剑”出鞘，既除枪患，又端假窝，面对假玩具猖獗、严重危害辖区支柱产业发展的现状，警方所队捆绑联动作战，异地用警精确打击，用联动警务打造良好治安，护航辖区经济。

2013 年上半年，澄海全区查处制贩玩具仿真枪 36 宗 113 人，缴获仿真枪 15.14 万支，破获侵权假冒玩具产品案件 11 宗 23 人，接报的刑事、治安警情同比下降 24%。治安环境、经济环境改善后，全区玩具企业实现了产值同比增长。

【平安样本】

2013 年 4 月 11 日晚，澄海区副区长、公安局长方志勇主持召开全局缉枪治爆动员大会，代号为“利剑”的区域性专项行动随之展开，首要任务是从源头上堵截仿真枪流入社会，斩断辖区内的假玩具生产销售链条。

所队捆绑联动作战

近年来广东查获的诸多仿真枪案件中，不少仿真枪制作都超标。根据公安部 2008 年出台的《仿真枪认定标准》规定，所发射金属弹丸或其他物质的枪口比动能大于 1.8 焦耳/平方厘米就已经超出了仿真枪范畴，这一部分仿真枪击中眼睛、太阳穴等部位可致伤残，具有一定的致伤力。由于仿真程度高，这类仿真枪还时常成为犯罪分子作案所借助的工具。

全局动员会议之后，澄海警方把“边摸查、边打击”作为专项行动开局之战的突破口，对辖区内的玩具厂、玩具店、玩具公司、货运场进行全面调查摸

底。澄海分局政委郭小元介绍，警方成立以治安、刑侦、巡警、经侦大队为主体的4个打击整治小组，落实各警种和派出所加强配合，创新“所队捆绑、联动作战”机制，及时取缔一批制贩仿真枪窝点。

2013年4月11日至14日，该局治安、经侦部门和各基层派出所联合作战，根据前期摸查获取的线索，迅速开展收网行动，在短短4天时间里，一举端掉5个非法制贩仿真枪窝点，缴获仿真枪9106支及半成品、配件一大批。

异地用警精确打击

随着公安机关打击整治工作的深入开展，个别不法分子反侦察意识逐步加强，一发现辖区派出所有风吹草动，便关门大吉、逃避检查。

针对这一犯罪动向，澄海警方创新异地用警措施，对摸查发现的制贩仿真枪窝点，第一时间调派分局相关部门和非辖区派出所的警力，联合采取异地打击取缔措施。2013年4月中旬，民警在工作中发现，澄海凤翔街道东湖工业区内藏匿着一个制贩仿真枪窝点，工人白天休息晚上作业，并且工厂与储存仓库分开，十分隐秘。4月16日晚10时许，澄海分局紧急抽调经侦大队和隆都派出所精干警力联合开展行动，对该窝点进行突击查处，当场抓获正在非法生产仿真枪的工厂老板杨某平等4人，并从附近的储存仓库中缴获仿真枪成品21600支。

“异地用警，就是原则上不用原派出所的警力，确保事前不露出端倪，不走漏风声，从而实现精确打击”，方志勇说，对于抓获的违法人员，警方原则上采取顶格处理，老板、技术人员和管工一律刑拘，生产工人原则上拘留；在适用法律上同样严厉，如果缴获的仿真枪有杀伤力的可以定为枪支，按照生产、运输、储存枪支罪移交相关司法机关，无法定为枪支的则以非法经营罪论处。

为企业开绿色通道

近年来，企业自主投资制作的一批动漫电视剧在全国的热播，带动了澄海专利玩具产品的热销。由于产品供不应求，一些不法商人大肆生产仿冒专利玩具，以远低于正版产品的价格抢占市场。

澄海警方以点带面打击假玩具假窝点，并多次在玩具企业举办知识产权讲座，开展侵权鉴定及打假流程培训。同时，创建知识产权刑事保护绿色通道，建立与玩具企业的经常性联系制度，定期走访企业加强沟通，拓宽线索来源，对发现的不法行为第一时间采取打击取缔措施。

2013 年 7 月初，在公安部打假办第三战区的直接指挥下，广东、河北、浙江、河南、广西等五个省公安机关联合行动，对由汕头市公安局澄海分局发起的侵犯广东奥飞动漫文化股份有限公司著作权案集群战役开展统一收网。行动中，五省公安机关共出动警力 220 多人，破获刑事案件 11 宗，打掉犯罪团伙 7 个，抓获犯罪嫌疑人 22 名，捣毁生产、储存、销售窝点 26 个，缴获侵权玩具产品 973 件、书包 6699 个、标识 3 万个、制假模具 20 套及半成品、配件等一大批，为企业挽回经济损失 1690 多万元。

这是首个以澄海为主战场的全国性打击制售假冒伪劣玩具产品的集群战役。参战的澄海分局经侦大队二中队长李宗雄说，这场战役的成功，与警方同企业建立起来的绿色通道密不可分。事后，奥飞动漫给警方发来了感谢信。

【对话】

澄海区副区长、公安局长方志勇：

八大建设打造治安防控“金钟罩”

南方日报：“利剑”行动警方打击仿真枪、打击假冒伪劣玩具，目前取得了什么样的效果?

方志勇：应该说目前取得了阶段性成效，这从数字上有所体现。2013 年 1 到 6 月份，我们接报刑事、治安有效警情比 2012 年同期下降了 24%，其中刑事警情下降了 27.9%，接报“两抢一盗”有效警情同比下降了 25.6%，其中刑事警情下降了 30.8%。

南方日报：在立体化治安防控中，我们的工作思路是什么？

方志勇：2012 年，以江楷鑫局长为班子的新一届市局党委发出了打好“八大战役”的动员令，2013 年初市局又作出了推进“八大建设”的战略部署，强化基层基础建设、社区警务建设、平安交通建设、信息警务建设、执法规范化建设、立体防控建设、为民公安建设、幸福警队建设。

南方日报：在“八大建设”部署中，有哪些具体措施？

方志勇：澄海区地域小、路网多，民营经济活跃，特别是动态化的流窜犯罪、“两抢一盗”犯罪相对突出。按照市局“八大建设”的部署，我们采取“卡点堵截、视频监控、网格巡防、联勤联动”等措施，推进“10 分钟”网格化防控联动协作机制和“所队联动、捆绑作战”机制，着力构建全天候、全方位、立体化的社会治安防控体系。

从 2012 年开始，我们在全区多发案部位设立了 40 个临时岗点，一旦“两抢”警情达到 2 宗以上，立即启动网格化防控联动协作机制，各岗点责任民警和联防队员在 10 分钟内迅速上岗布控，形成网格化防控圈。

【边走边评】

中央提出完善立体化治安防控体系，省委提出创建平安广东，具体落实到基层公安机关，就是要结合当地的社会治安具体实际，找准工作的切入点、发力点和关键点，逐项推进和落实。“利剑”行动就是很好的切入点，澄海警方抓住了社会治安的“牛鼻子”，让警力跟着警情走，既有效化解了治安难题，又为地方经济保驾护航，一举两得。

深港澳警方联手打掉特大跨境信用卡诈骗团伙，缴获各类伪卡1万余张

在出租屋制伪卡　港澳疯狂盗刷

洪奕宜　张　雷　袁永超

【要案传真】

广东银行卡产业比较发达，有数据显示，目前广东银行卡消费额占全省社会商品零售额的67.56%。银行卡犯罪也随之大量增加，尤其是伪卡犯罪案件高发，且作案手段隐蔽、涉案金额大，给持卡人造成较大的经济损失。

不久前，深港澳三地警方经过10个月的密切配合，在公安部、省公安厅的直接指挥下，一举打掉一个特大跨境信用卡诈骗犯罪团伙，抓获团伙成员19人，缴获各类伪造信用卡1万余张，目前初步估算涉案金额数千万元。这是深圳警方参与摧毁的史上规模最大、金额最高、犯罪跨境最广的信用卡诈骗犯罪团伙。该团伙成员以马来西亚籍和香港籍为主，全部使用假名字，组织严密，分工精细，通过窃取欧美等地人的银行卡信息，在深圳制造伪卡，到香港消费。

三地警方历时10个月侦查

2012年6月，香港警方抓获了两名在港使用假信用卡的马来西亚籍男子，并发现二人多次往来深港两地。得益于深港两地警方成熟的情报合作机制，深圳警方第一时间得悉此消息后，经过仔细侦查和分析，发现其背后有一个涉及美国、欧洲、马来西亚、香港等多个国家和地区的跨境信用卡诈骗犯罪团伙。

2013年1月，在前期侦查的基础上，深圳警方与香港警务处、澳门司法警察局正式成立了联合专案组。专案组民警长期研判追踪，于2012年11月在香港将该团伙成员郑某某抓获，并从其住所内缴获8000余张假信用卡。经过近10个月侦查，深圳警方最终锁定了制作伪卡的窝点，并掌握了犯罪团伙主犯的全部活动轨迹。

2013年6月3日，深港澳三地警方联手，一举捣毁了该团伙，在深圳抓获了14名犯罪嫌疑人，在香港抓获了3名犯罪嫌疑人，在澳门抓获2名犯罪嫌疑人。

警方缴获的大量伪造信用卡，都是以 VISA、万事达、运通、大莱等国际通用的信用卡为蓝本所造，其仿真度之高，近乎以假乱真。该案前后共计缴获各类伪造信用卡 1 万余张，目前初步估算涉案金额数千万元。

犯案成员之间只用代号

这是一个以外籍人员为主犯，流窜于深港澳三地的特大信用卡诈骗犯罪团伙，19 名主要犯罪嫌疑人中，马来西亚籍 8 人、香港籍 6 人、内地籍 5 人，已全部落网。团伙成员之间层级繁多，共同形成了一个庞大的犯罪网络和利益链。香港籍女子林某某与香港籍男子关某某在香港发号施令、坐镇指挥；由马来西亚籍男子“烧鱼”和香港籍男子王某某、大陆籍男子朱某某负责在深圳制作假卡；香港籍女子波某与香港籍男子油某往来深港两地之间，负责将住在深圳的多名马来西亚籍人员带往香港实施盗刷，同时油某还负责将盗刷所得交由香港籍男子郑某某销赃；郑某某在香港收赃后，将部分赃物带往深圳卖给便利店套取现金。

团伙控制人林某某和关某某将信用卡盗刷的各个环节拆分开来：把窃录银行卡信息的环节放在美国、欧洲、阿拉伯等国家和地区，把制作伪卡的环节放在深圳，把盗刷的环节放在香港和澳门，而所有参与其中的骨干分子由外籍人员来担任，这样实施起来就更容易逃避被抓捕的风险。同时，为了避免“抓一个端全窝”的后果，犯罪团伙要求成员彼此之间只能使用代号、外号，且不可以双向联系，只能是单向联系，而且还“狡兔三窟”，不断变换落脚地方。

外籍人员自编暗语交流

绰号为“烧鱼”的马来西亚籍男子虽然与女友居住在罗湖某地，但每天都会单独到龙岗布吉某隐蔽的出租屋内制作伪卡，往返于罗湖、布吉之间。制卡完成后，“烧鱼”把伪卡带到罗湖的高档酒店，放在洗手间内水箱等隐蔽的地方，随后联系在马来西亚的D某，由D某指派与“烧鱼”素不相识的“车手”（即盗刷者）到指定地点取卡。在这个过程中，“烧鱼”与“车手”双方不见面、不交谈、不联系。

为了不引起怀疑，“车手”会通过种种手段来逃避警方的侦查：一方面，避开大型商场的监控录像，选择小型超市刷卡消费，一次刷卡的金额也不会超过万元；另一方面，不在一个地方刷卡两次以上，刷卡后就立刻转换地方。

此外，林某某与关某某在寻找合适的信息人、制卡人的时候，特意选择了马来西亚籍人员作为用卡人，并只告知其“按规定”刷卡，同时，将卡信息的来源安放在马来西亚，信息人也是马来西亚籍。他们“聪明地”认为，以外籍人员为主作案，交流的内容又都是他们“自创自编”的暗语，应该不会引起警方的注意。但警方巧妙地“攻其不备”，抓住语言这一特征排查团伙成员，取得了重大进展。

购买黄金饰品变现分赃

侦办该案的深圳警方介绍，伪卡犯罪是职业团伙犯罪，犯罪分子分工明确，智能化、跨区域流窜作案特点突出，主要犯罪模式是侧录→制卡→盗刷→销赃四个部分。首先，负责侧录（即窃取持卡人银行卡信息和密码）的犯罪分子会去酒楼、宾馆、卡拉OK等场所应聘服务员，在客人买单的时候趁客人疏忽大意，用香烟盒大小的微型侧录器复制持卡人银行卡磁条信息，并偷窥客人输入银行卡的密码。

接着，将窃取的银行卡磁条信息和密码发给制卡的犯罪分子，用专门的软件工具将侧录的银行卡信息刻录到另一张银行卡或空白卡上，制卡的过程就像复制一张光盘一样。然后犯罪分子持伪造的银行卡到异地进行提现和疯狂购物，盗刷时一般会选择较名贵、易携带、易出手的物品，如黄金饰品等贵重物品。最后，犯罪分子把盗刷来的贵重物品低价变卖出手，获取现金进行分赃。在整个犯罪环节中，人员分工明确，有分有合，环环相扣，呈家族式、亲友式、集团式、跨地区式作案特点。

以深港澳三地警方打掉的这个信用卡诈骗团伙为例，包含了三个层级的团伙成员：信用卡信息的提供者；买卖信息组织造卡的制作者；伪卡收赃的盗刷者。在这三个层级中，前后几乎都是境外人员（主要为马来西亚人、香港居民）。该团伙获取的银行卡信息来自黑客侵入境外银行计算机系统，盗刷都发生于香港与澳门，而制作伪卡点又在深圳，这种跨境犯罪的模式为调查取证带来了很大困难。

【办案者说】

深圳市公安局经侦支队一大队副大队长李彦平：

伪卡犯罪主要通过POS机套现

造成伪卡犯罪高发的原因包括：磁条卡技术低、安全性差；监管措施缺失；此外，POS机的发放和使用也存在漏洞。因为柜员机每天取款不得超过2万元，所以伪卡犯罪主要通过POS机套现，现在有的犯罪分子为了侧录、盗刷，还专门成立虚假商户骗取POS机具作案。

伪卡犯罪是职业犯罪，打击防控伪卡犯罪不能光靠公安机关孤军奋战，需要政府相关监管部门牵头，其他政府部门联动，各商业银行密切协作，建立健全相关长效机制，“以打为主，打防结合，综合治理”，才能遏制伪卡犯罪高发态势。同时，应加快推进广东地区芯片卡的技术升级，并加强对POS机的监管。

【警方提醒】

刷卡消费时卡不离视线

针对这一犯罪手法，警方提醒广大市民，持卡人应该保护银行卡信息和密码，在日常刷卡消费时要做到卡不离视线，不给犯罪分子侧录信息的机会。在输入密码时，要注意用手遮挡，防止他人窥视，防范个人身份资料信息泄露。在网上进行资金操作时，要登录正规银行网站，切勿误入钓鱼网站被窃取银行卡信息和密码，以致造成财产损失。办理银行卡时要留下自己有效的手机号码，这样每次消费时都有短信提示，一旦发现不是自己消费，马上致电银行要求挂失和暂缓交易，同时快速到附近的银行柜员机查询或小额取现，保留凭条（这是卡在手中被他人持伪卡盗刷的重要证据）。

新会警方接连打掉两个特大非法传销团伙

“高薪”工作“杀熟”
骗钱“洗脑”之后执迷不悟

洪奕宜　张　雷　袁永超

【要案传真】

“这边工作很好找，薪水也不错”——这样的招工介绍听上去很美，但背后的陷阱有多深，可就不得而知。在现实中，听信美言而落入陷阱的案例并不鲜见。有的人落入虎口后不堪凌辱和禁锢想方设法逃跑，也有的人执迷不悟深陷其中，被救时甚至怪责民警“断了财路”，中毒不可谓不深。

“参加传销就可在家数钱”，“今天睡地板明天当老板”——这样的煽动蛊惑乍听上去很是夸张，但“备受鼓舞”的糊涂人不在少数。当意志信念被引入歧途，当追求暴利的狂热已近痴迷，纵然天有神兵降临营救，恐怕也难以将其从偏执的心灵轨道上拉回来。

从 2013 年 6 月 3 日起，国家工商总局、公安部等 12 部门在全国范围内开展为期 3 个月的打击传销执法行动。广东警方联合工商部门开展联合打击，将工作重点放在打击网络传销、“拉人头”式的传统传销和跨境传销，并将此次专项行动延长一个月至 9 月 30 日。开展执法行动两个月来，广东经侦部门共立组织、领导传销活动案 39 宗，破案 18 宗，刑拘犯罪嫌疑人 52 人，涉案金额约 2000 多万元；其中，捣毁传销窝点 18 个，抓获传销人员 189 人，采取强制措施 52 人。捣毁的这些团伙中，以介绍工作为由“杀熟”、以出租屋为据点、以家庭式管理为主的分散型等特点尤为显著。

团伙大聚会时一举抓获 138 人

2013 年 4 月 5 日，江门新会区公安分局中心派出所接潘先生报案，称其兄潘某给他打电话，说自己被一朋友以帮忙找工作为由骗到新会，现在被限制了人身自由，自己是偷偷打出电话求救的，“我不知道是在新会什么地方，我从楼台望出去，能看到金田酒店”，这是哥哥电话里为他提供的唯一线索。

接报后，新会公安分局刑侦大队“打传专业队”会同中心派出所民警迅即开展侦查。围绕“金田酒店”这一线索，警方立即组织对该酒店附近的高层出租屋进行大范围的排查，总共排查了数百间出租屋，果真发现了线索：在会城南隅路8巷横巷一出租屋内有多名男女形迹可疑。经核查，其中一名男子正是偷偷给弟弟打来求救电话的潘某。事不宜迟，民警果断出击，将涉嫌非法拘禁的10名青年传唤到派出所进一步审查，并解救了潘某等4名受害者。4月16日、19日，新会警方根据掌握的线索，又分别在两间出租屋查获2个“天狮”传销窝点，抓获19名嫌疑人。

作为传销组织，团伙成员层层分支、窝点分散、人员众多，如何找准时机“一锅端”？新会警方多次开会研究部署。“我们调查了解到，这些传销组织虽然窝点分散，但通常一段时间就会组织一次大聚会，这正是抓捕的好时机。”为了确定收网时间和方案，警方做了大量的前期调查工作。

5月9日，警方掌握到可靠消息，当天下午“天狮”传销组织将在新会会城一KTV聚会，警方当即决定收网。当天下午4时，来自经侦、刑侦、法制、派出所等多个部门200多名警力雷霆出击，在KTV一房间内，一举端掉“天狮”这个特大传销犯罪团伙，抓获组织成员138人，其中团伙骨干20名，刑事拘留32人，缴获非法传销赃款23万多元。

吃大锅饭睡地铺每天“洗脑”

“天狮”号称与“天津天狮生物有限公司”合作直销产品，实际上采取“拉人头、购买产品”的方式发展下线。每套产品2800元，实际没有任何产品。“天狮”层级上共分五级：业务员层级需购买1～2套产品，业务代表层级需购买2～9套产品，主任层级需购买10～63套产品，经理层级需购买65～164套产品，总管层级需购买165～393套产品。业务员、业务代表、主任、经理、总管卖出产品，提成也不同，分别为15%、20%、30%、40%、52%。以此类推，级别越高，提成越高。

据“天狮”团伙成员交待，在传销组织中，主任级以上的安排下属干活，让他们通过网上聊天、介绍工作等方式把亲友骗到新会指定地点后，再抢走被骗者身份证、手机、钱财等物品，予以非法拘禁，要求其购买“天狮”的化妆品，而实际上，就算他们付了款，也没有实质产品。他们怂恿被骗者交纳会费、发展下线，而自己则从中获取提成和升级。而那些被拉入传销组织的人，因不忿自己被骗，想从下线中赚回自己的损失，只能不断地再往传销组织里拉进其他人员，包括欺骗亲朋好友，最终导致了“恶性循环”。

“天狮”组织的日常管理十分严密，每天有严格的作息和培训洗脑时间。传销人员吃的是大锅饭，睡的是地铺；初级会员不能外出，骨干人员不与初级人员同住。团伙禁止受害人与外界联系，派人24小时监管，每天还会安排不同的“主任”给受害者上课，讲述传销的“合法性”和赚钱捷径，诸如“参加传销就可在家数钱”、“今天睡地板明天当老板”等煽动性说辞，游说他们发动亲朋好友加入组织。对不配合的成员则采取非法拘禁、殴打等暴力手段。“天狮”有一套较为完整的理论体系，有自己的组织纲领、组织原则、纪律要求，要求团队要保密、忠诚，绝对服从领导。

有受骗者获救后执迷不悟

几乎在同一时间，新会警方还捣毁了另一个非法传销组织“太阳神”，抓获涉案人员53人。该传销组织同样采取“拉人头、购买产品”的方式。在层级划分上更为细化：包括董事长、五星董事、四星董事、三星董事、二星董事、一星董事、经理、主任、代表（也称代理商或业务员）九个层级。一次性缴纳14960元就可以成为代表，所缴纳的款项包含用于购买产品的6560元，余下的8400元用于层级计酬返还；计酬返还除直接上线可以获取“提成奖金”计酬外，直接上线之上的所有上线均可获取“间接奖金”计酬。同样，级别越高，提成则越高。

端掉“太阳神”，新会警方同样选择了一个传销组织大聚会的时机——传销组织成员齐集某酒店五楼会议室集会。当团队负责人肖某林站在讲台上慷慨激昂地演讲，与成员“分享”所谓的成功经历时，还没反应过来，就被上百名警察团团围住，所有参会传销人员53人全部被抓。在这次抓捕行动中，警方抓获了两个“经理”级别的成员肖某林和白某花。在其手下，是对他们负责的各组组长，每个小组的人员集中居住在同一出租屋内，由组长负责对他们进行管理、监控和培训洗脑，同时组织参加集会活动。

传销组织者对参与人员反复“洗脑”，进行精神控制，甚至采用恐吓、殴打、暴力威逼、非法拘禁手段。从警方打掉的多个非法传销团伙来看，被骗参与传销者多为城市退休、下岗或无业人员、农民等，在校学生被骗的情况也日益突出，也有不少涉世未深的少男少女。办案民警告诉记者，有大学生深陷传销组织并被严重“洗脑”，被警方解救出来后，居然还深信通过传销能够一夜暴富，责怪民警将其救了出来，断了其“财路”。中毒之深，可见一斑。

【办案者说】

江门市公安局新会分局经侦大队长何志亮：

擦亮眼睛识传销

目前传销活动主要包括“拉人头”传销、骗取入门费的传销、团队计酬式传销及网络传销等形式。一些传销组织者为了达到其骗钱敛财的目的，编造“传销可以快速成功致富”的谎言，欺骗一些群众，并通过“洗脑”对其实施精神控制。部分群众由于辨别力不强，盲目听信传销组织者的所谓致富谎言，热衷于参加传销网络组织；少数人员积极从事“拉人头”等传销活动，成为传销违法犯罪活动的骨干和帮凶；有的群众对传销概念模糊，知道传销违法，却不知道自己所从事的就是传销。

【警方提醒】

杜绝传销　人人有责

根据法律规定，参与传销活动的，均要依法承担相应的法律责任；为传销活动提供经营场所、培训场所、货源、保管、仓储等便利条件的，均要受到相应的法律制裁。传销主要利用“杀熟”手段骗人骗钱，千万不要碍于情面、抱着先试试看的心理盲目加入，否则会深陷传销泥潭不能自拔，最后只能是害人害己，竹篮打水一场空。同时，要尽到公民义务，提醒周围的人提高警惕，防止被骗。如果发现涉嫌传销的组织或人员，或发现自己被骗误入传销，一定要保持理智，设法尽早脱离传销组织，并及时拨打 12315 或 110 向工商、公安部门举报。

虚开发票7787份，涉案金额12亿，4个骗税团伙被抓获

27岁小伙3年骗税1.8亿

洪奕宜　张　雷　蔡亚莎

经过长达8个月的缜密调查，公安部、国家税务总局挂牌督办的特大骗取出口退税案“7·18案”（2012年）成功告破，粤、闽、苏、甘、赣五省警方统一收网，共抓获犯罪嫌疑人30余人。其中主战场深圳共打掉了以张某发、谢某林等人为首的4个特大骗税团伙，捣毁以生产企业和外贸公司为作案窝点的场所26家，查获近百家涉案企业的各类票证超过5吨，冻结出口退税款等赃款赃物达6000万元。该案涉案金额高达12亿元，已骗取国家税款1.8亿元。

从上游生产企业，到中游贸易公司，再到下游的报关行、货代公司，均是出口退税这条利益链上的“蚂蚱”，他们相互配合，共同分食最高17%的退税率。

【要案传真】

东北小伙子张某发南下深圳做起了“大买卖”——上游虚开、中游“洗票”、下游外贸公司骗税。短短3年间，以他为首的骗税团伙大肆虚开增值税发票，骗取出口退税款1.8亿元。

空白委托报关协议引线索

2011年11月23日，深圳市某区国税局到深圳市隆泰祥进出口有限公司检查出口退税情况时发现，该公司有多家外贸企业和生产企业的财务账册、盖有这些公司公章的空白委托报关协议等资料，退税存在严重问题。深圳市国税局当即成立检查组，对该公司及多家外贸企业、生产企业开展调查。检查组先后奔赴汕头、厦门、晋江、泉州、上海等原材料产地取证，但由于许多原材料产地的企业为涉案企业“打掩护”，一时无法找到案件突破口。

由于该案金额巨大，虚开增值税发票涉及全国多个省市，在公安部和广东省

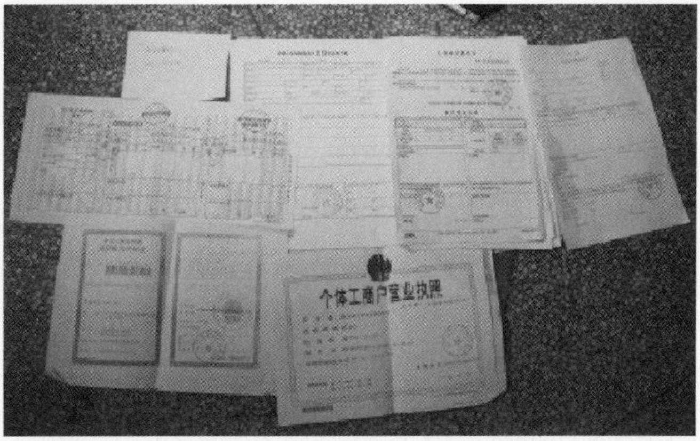

公安厅的指挥部署下，深圳警方与国税稽查局联合成立专案组。该案犯罪嫌疑人众多、骗税环节复杂，专案组便从发票源头入手，对上游76家原材料企业、虚开的26家生产企业以及8家骗税外贸公司开展了取证调查。经过长达8个月的缜密侦查，专案组锁定了张某发、薛某、卓某、谢某为首的4个特大骗税团伙。

2013年3月20日、3月23日、4月12日和6月19日，专案组先后4次开展联合行动，广东警方共出动警力数百人次，一举捣毁4个虚开发票、骗税的团伙，共抓获犯罪嫌疑人30余名，捣毁以生产企业和外贸公司为作案窝点的场所26家，查扣作案电脑25台，印章、银行卡、UKey近百个，查获近百家涉案企业的各类票证超过5吨。经查，该案涉及17家深圳生产企业、12家深圳外贸企业和5家外地企业。涉案生产企业自2008年年底至案发日止，共虚开增值税专用发票7787份。

团伙主犯张某发是在深圳宝安一幢居民楼里落网的，当时警方破门而入后，经过一番搜索，才在他住所的床板底下找到张某发。

控制17家企业虚开发票

张某发，1986年生，2007年，大专毕业的他来到深圳，在一家外贸公司工作，积累了不少骗取出口退税的门道。2008年5月，他成立注册了深圳市隆泰祥进出口有限公司，据其后来向公安机关交代，“成立隆泰祥公司的目的就是用来骗税的，隆泰祥接收的发票都是虚开的”。

骗取出口退税的手法有多种，产品主要以服装、电子产品和家具为主。举例来说，A从河南农民手中收购棉花，但农民没发票只能写收据，价格高低随意写，A拿收据去税务机关抵扣，开出棉花的发票，税收成本大约3%，B则从A处收购棉花后，加工成纱线，征税约5%，外贸公司再以6%~7%的成本，从B手里大量购买增值税发票。

原本从纱线到服装，中间还需大量的工序，但坐在办公室里闭门造车的外贸公司要从这些环节生产企业处购票，操作起来很麻烦，因此，外贸公司提供的一张服装发票，纱线的原材料发票就占九成，这个明显的作假痕迹，一经检查则易暴露。

张某发团伙控制了17家服装生产企业和7家外贸公司。张某发与服装企业之间达成协议，由其为企业支付场地租金，或者每虚开一百万元给予1%的好处费，企业则为张某发虚开增值税发票提供条件。

财务方面由其姑父王某负责，伪造购销合同、记账凭证、账本账册以及划拨资金，对外大量虚开增值税发票到张某发控制的隆泰祥等7家外贸公司，再伪造外贸合同、接受境外资金入境、获取空白外汇核销，勾结货代“配货配票”，虚假报关出口骗取国家税款。

货代公司“炒单”骗退税

由于报关行和货代公司掌握了大量的真实货物单信息，为了赚钱，他们便将信息转卖给外贸公司，干起了“炒单”（即配货配票）的生意。由于一些小企业不具备申请出口退税条件，货代中介便利用帮小企业报关的便利条件，将这些货物的真实信息层层转卖给专门从事骗税的外贸公司，“移花接木”变为外贸公司的业务单。

在网上一些专业论坛，各种有关“炒单”的讨论并不鲜见。业内人士透露，做这一行门槛不高，而且轻松，来钱快，吸引了一些人参与到报关、货代等骗税环节中。实际上，这些所谓的货代公司中，没有注册的不在少数。

虚开发票、报关、货代、物流等环节密切配合，在这个链条中，作为中游环节的外贸公司为骗税核心团体，左手通过从上游生产企业购买增值税发票，右手再从货代和报关公司购买真实货物出口单，最终通过地下钱庄完成资金出入。通过这种配票、配货、配资金的方式，获得出口退税。

据办案人员计算，出口退税率最高为16%~17%，一张贸易骗税单扣除买发票的成本6%~7%、配货配票环节花费3%左右以及找地下钱庄出资的手续费1%~2%后，外贸公司可赚取5%~7%的利润率。

经警方侦查，从2008年到2011年底，以张某发为首的犯罪团伙虚开发票遍布福建、江苏、甘肃等多个省份，虚开增值税发票7787份，票面金额高达12.8亿元人民币，骗取国家税款1.8亿余元。

【办案者说】

深圳市公安局经侦支队六大队副大队长李超晔：

出口退税需要提供三方面的凭证——报关单、增值税发票以及境外资金流入的证据即外汇核销单。对骗取出口退税的犯罪分子来说，要想办法拿到这些材料，完成资金流、货物流和发票流。这种骗税方式涉及生产企业、贸易公司以及报关行、货代公司，跨区域、专业化、集团化的犯罪特点越来越明显，要办好这类案件，一定要一网打尽，做好每个环节的取证工作。

2011 年，当国税部门检查发现深圳市隆泰祥进出口有限公司在退税上存在问题后，张某发犯罪团伙就成了“惊弓之鸟”，其控制的一些生产企业、外贸公司纷纷关门躲避追查。后来我们抓住了突破口，克服了种种困难，最终将该团伙一举拿下。

【警方提醒】

骗税的“毒瘤”在于有报关行和货代公司的配合，在现实中不太可能取缔这两个行业，因为真实的货物出口必须找这两个公司来运作。可以降低 5 个百分点的出口退税率，这也正是骗税分子所能赚取的利润率，如果去除了利润空间，骗税分子就无利可图。

另外，一般的中小企业作为小规模纳税人，无法开具增值税发票，只有升级为一般纳税人后才能开增值税发票，但两三个人的外贸公司，不需要任何生产成本，一两百万元就可开展业务，却被允许开增值税发票。

打击出口骗退税离不开公安、国税、海关等三家的密切合作，这些部门之间应该信息共享，建立各部门综合治理的长效机制。

佛山警方打掉一个制售假冒品牌日化用品犯罪团伙，涉案金额1500万元

“同村兄弟”黑厂制售假“飘柔”

洪奕宜　张　雷　郭　颖

【要案传真】

飘柔、海飞丝、舒肤佳……你能在超市里见得到的名牌洗发水，在这里基本都有，包装、条形码、颜色与真货相差无几，仿真性极高。不过，这些产品并不是在整洁规范的车间里出品，而仅仅产自设备工艺条件极为简陋的小作坊。

2013年6月，在公安部经侦局的统一指挥下，由佛山警方发起的集群战役开展统一收网行动，汕头、肇庆及云南、新疆等地警方同时响应，成功捣毁一个生产、销售假冒宝洁公司旗下名牌日化用品的犯罪团伙，抓获谢某枢等犯罪嫌疑人14名，当场缴查获假冒“潘婷”“飘柔”“海飞丝”等名牌洗发水共约10万多支。据初步统计，该全国集群战役总涉案价值超过1500万元。

为躲抓捕嫌疑人天台连跨“握手楼”

线索来自一则销售假冒商标标识的线索。2013年1月份，佛山警方在工作中发现有一个团伙生产假冒海飞丝、飘柔，并大量销售至云南、新疆、广东汕头等地。经过长达半年的跟踪调查，警方基本摸清了该团伙的成员结构。该团伙以家族式模式运作，谢氏父子搭档，经营了四个窝点，涵盖做标识、喷码、灌装、包装几大环节。

6月17日，佛山警方出动警力100多人，同时对位于肇庆四会市、佛山南海区等地5个制、售假窝点开展打击收网行动，当场抓获谢某枢等犯罪嫌疑人14名，查扣打码机2台、贴标签机1台、防伪标签6000套、商标标识约20万个，假冒“海飞丝”“舒肤佳”“潘婷”“飘柔”等名牌日化用品约10万支，制假化工原料35吨。

在佛山南海灌装窝点的抓捕现场，双方上演了一场颇为精彩的追捕大戏。该窝点位于一条小巷子的偏僻角落的一栋民宅，大门口的卷闸门紧闭，旁边是楼梯，窗户全部用厚厚的纸板贴上，密不透风。警方破门而入时，正在生产的几名工人仓惶逃窜，其中2人来不及逃脱，就被警方牢牢控制。

另外3人“蹬蹬蹬”爬上楼梯上了天台，竟铤而走险从天台连跨数栋“握手楼”。专案组民警也大步跨过“握手楼”天台，紧追不放。嫌疑人见势不妙，打算往下跑，无奈因为天台楼梯门被锁住而走投无路，只能“坐以待捕”。

这是一个条件极其简陋的洗发水加工点，空气中弥漫着一股呛鼻的洗发水气味。嫌疑人交代，他们会区分不同类型的洗发水，从颜色、味道上加以效仿，

落网的5名嫌疑人中，一位是主管，另4人是工人。他们交代，为了躲避警方侦查，他们并没有全天开工，而是游击式作业，一天只开工几个小时。产品生产出来后，会有司机专门负责运到仓库供订发货。

各窝点工人之间互不联系

这些仿真度极高的洗发水瓶是从哪里来？原来，谢某在肇庆四会有一个专门制作品牌标识的窝点，他通过物流从外地购进各种型号的空瓶子和各种知名品牌洗发水的标识，来到窝点进行张贴；制作出半成品后，再运到相隔数百米远的另外一个窝点进行喷码，包括生产日期、生产批号、验证码，等等。这些高仿真的洗发水空瓶再运到南海黄岐进行灌装。

“空瓶贴标、喷码配罐、灌装假洗发水，每一道工序就设一个窝点，分散在不同地方，较为隐蔽，犯罪团伙目的就是为了躲避打击。”办案民警华警官介绍，该团伙每个窝点的工人不多，一般是3~5人，基本都是同村的兄弟，而每个窝点之间的工人又互不认识，也被要求互不联系，仅仅与负责运货的司机接头。运货司机警惕性很高，在运载途中，尤其是靠近窝点时，他们会故意兜兜转转绕路，确保无异常情况时，才会停在窝点门口，快速卸货、装货，又快速离开。为了规避风险，谢氏父子主要是从自己的家族亲戚以及可靠的老乡中物色团伙成员人选。

天网恢恢，疏而不漏。再缜密的计划，也会露出蛛丝马迹。谢某团伙最终还是栽在了警察手里。

【办案者说】

佛山市公安局经侦支队四大队大队长刘珲：

打击侵权假冒　盯紧民生领域

这些假洗发水生产工艺简单，里面含有的化学品很可能没有按比例稀释过，有的毒素也没有清除掉。从外观看，和真品几乎一模一样，如果不辨真假就使用，不仅对头发和头皮造成伤害，一些有毒物质渗进皮肤，还会对内脏造成伤害。这些不符合国家相关规定的假冒日用品一旦流入市场，以假乱真，也严重扰

乱了市场秩序。

犯罪分子选择低值的民生易耗品作为制假对象，这一端努力降低制作成本，另一端则假冒知名品牌从其庞大的市场份额中分到“一杯羹”，两头挤压，以赚取最大利润。我们打掉的这个团伙“狡兔三窟”，制假的几个环节跨市进行，销售网络延伸到全国其他省市，打击难度较大。我们从小线索入手，申请发起了全国集群战役，在多地成功收网，破了案值千万的大案。对于家电、日化、日用消费品等民生领域的假冒伪劣犯罪，我们严加打击，绝不手软。

【相关案例】

广汕韶佛侦破特大伪劣日化用品案　涉案价值2000万元

2013年4月初，省公安厅经侦局接举报称有一个制售假冒日化用品的团伙，以广东为生产源头，制售假网络涉及全国多个省市。专案组经过2个月的缜密侦查，掌握了陈某洪、周某辉、何某洪等人涉嫌制售假冒“安利”“高露洁”“宝洁”“联合利华”等公司的洗涤用品、日化用品等犯罪产业链的基本情况和运作规律。

该团伙制假售假网络涉及广州、韶关、佛山和汕头等地以及江苏扬州、江西吉安、浙江嘉兴、湖南长沙等地区，省公安厅报请公安部发起集群战役。7月4日，收网时机成熟。五省公安机关出动经侦、食药侦、派出所等警力，联合开展收网行动，在广东战场，省厅以及广州、汕头、韶关、佛山等地抽调有关警种共600多名警力，兵分18路展开收网行动。行动中，广州警方在位于白云区太和镇的广河高速公路八斗出口处，将正在交接假冒“高露洁”牙膏管的何某洪、陈某红等人抓获。

此次集群战役收网行动共捣毁生产、加工、包装、销售、仓储假窝点22个，打掉作案团伙16个，抓获以何某洪、陈某红等为首的制售假冒日化用品网络团伙125人，其中依法刑事拘留31人，查获涉嫌假冒“高露洁”“飘柔”“沙宣”等名牌日化用品，涉案金额累计超过2000万元。

深圳警方缴获假发票248万余份，抓获16名嫌犯

地下工厂狂印“套牌”发票被端

洪奕宜 张 雷 王紫滢

【要案传真】

2013年7月，深圳警方联合地税、稽查等部门开展行动，成功捣毁2个地下工厂和3个仓库，缴获各类发票菲林模版2.1万套、假发票248万余份，抓获16名嫌疑人。这次行动中有一处精彩的深挖抓捕：专案组通过审讯小“票头”（假发票批发商），找到了一个假发票大仓库，抓获了背后的“总代理”大卖家，当场缴获各类增值税假发票约200万份。从这些缴获的假发票看，大部分为“套牌发票”，即套用了真发票号，仿真度高，更难辨真伪。

前面废品站 后方印刷间

“山西、福建、湖北、湖南……”7月31日上午，深圳光明新区公明街道长圳村一处破旧的工业区内，一家在此藏身一个多月的印制假发票窝点被警方端掉。房间内，制假团伙还没来得及销毁的模板上，清晰地显示着来自全国各地各式各样的发票版式。

窝点位于该栋工业厂房第三层。200平方米大小的房间内，4架印刷机器一字排开，地面、墙角布满了大小不一的纸张与透明膜片，透明膜片上印有“江苏地税”“山东国税”等字样。房门一侧的柜子上方，一台电视监控器记录着楼下

每一处动静。

另一个行动小组在松岗将涉案的冷氏兄弟抓获归案。这对25岁的四川小伙子，做印刷起家，擅长根据图样制作模板。在制贩假发票犯罪链条中，大“票头”通过网络将发票图样发送给工厂老板，工厂老板再找到像冷氏兄弟这样的技术员工根据图样制作出模板，然后邮回给大“票头”，大“票头”将其印制成成品发票后，分发给小“票头”。掌握核心印刷技术的冷氏兄弟是链条的核心部分，和老板是利益合作关系。在冷氏大哥家中，警方搜出3台台式电脑和1台笔记本电脑，里面全是交易的信息。

当天的行动中，深圳警方还捣毁了位于龙岗区南湾街下里朗的另一个假发票工厂窝点。该窝点极为隐蔽，在租来的一处铁皮屋，门口道路狭窄，仅容一辆车通过。从铁皮屋推门进去，放置着一大堆废品，还有打包机、铲车等，看上去是一个废品收购站，约100多平方米。可是推门进去，却是一个印刷车间，除了印刷机、打印机、晒版机等，还有大堆已经印好的成品假发票。

这些假发票上都有发票号，令人不解的是，经网上查询，这些发票号均是存在的号码。“其实，这些也是假发票，因为它们套用了正规发票的发票号，也就是说，同一个发票号对应了一张真发票和一张克隆发票，就像套牌车一样，只有税务部门才能鉴定出真假。”办案民警向记者解释。

当天的行动中，深圳警方共查扣制售假发票印刷机7台、大型打印机3台、晒版机3台，以及刻版机、切割机、平压痕切线机各1台；现场缴获涉及全国62个市的假发票成品48万余份，假发票菲林模板2万余套及半成品假发票一批，抓获14人。

小“票头”牵出“总代理”

7月13日清晨的行动，除了端掉制假发票的地下工厂，另一类重点对象就是龙岗、罗湖片区6个“票头”销售窝点。行动中，民警在龙岗区坂田医院附近抓获一名小“票头”詹某，经审讯，詹某交待出了一条重要线索：假发票都存放在一个叫阿亮的“上家”，其住在龙岗坂田街道一高档住宅小区A2栋2802房。据詹某交代，阿亮30多岁，患有强制性脊柱炎，但他头脑灵活，精通电脑技术，他认为当地制造的假发票质量太差，所以只卖从饶平批发来的制作精细的假发票。由于腿脚不便，给深圳市内外买家送货寄货的活儿则交由其叔叔运作。

当天下午5时，民警到达该小区。无论民警如何敲门，阿亮家始终大门紧闭。经过商量，抓捕小组决定：由詹某打电话给阿亮购买一批假发票，引蛇出动，然后尾随攻入其住处。阿亮在电话里却称：叔叔刚好出门送“货”了，要等他半个小时回来才能交“货”。

行动小组决定继续等待，准备在阿亮的叔叔回家开门的时候实施抓捕。但民警从6时一直等到7时多，也没有看到阿亮的叔叔回来。行动小组安排詹某再次致电阿亮，要求只买两本假发票用来救急。阿亮答应得很爽快，并且把交易地点定在A3栋负一层地下车库。

高档小区查出200万份假发票

民警等了20多分钟，阿亮还是没有出现。就在这时，阿亮的叔叔出现在小区里。这时已经是晚上10时。詹某上前与阿亮的叔叔进行交易，交易过程不到一分钟就完成了，但阿亮的叔叔并没有回小区，每隔几步距离，就有一位买家跟阿亮叔叔交易，短短5分钟里，他已经完成了3笔交易。趁着阿亮叔叔和另一买家蹲在草丛中交易的时候，行动小组悄悄摸上前。就在警方亮明身份时，买家见状不妙，扔下拖鞋一路狂奔，阿亮叔叔还没来得及起身逃跑，就被民警扑倒在地。

警方从阿亮叔叔身上搜出了一串钥匙和一张门卡，决定抓捕阿亮，但奇怪的是，门卡却打不开A2栋的门，钥匙也打不开2802的门。但阿亮叔叔却一口咬定这就是阿亮给的钥匙和门卡。行动小组分析认为：既然阿亮约詹某去A3栋交易，很可能门卡就是A3栋的门卡，阿亮和他叔叔也许就住在A3栋。

这个大胆的假设很快就被证实：门卡果然打开了A3栋的大门。但阿亮叔叔拒不交代阿亮在哪间房。民警们到物管处查到门卡的房号，很快将目标锁定为A3栋2501房。门打开了，屋里完全是公司的摆设：一个白板写着详细的营销计划、销售内容等，屋里摆放着各种办公用品、茶具，没有看到假发票。

经仔细搜索，民警发现一扇暗门与墙体颜色一模一样，打开一看，整个房间里全是发票！一摞摞假发票整整齐齐、分门别类摆在高低不同的货架上。房间里开着空调，专门为这些发票做防潮、降温处理。很明显，这里就是犯罪嫌疑人的大型仓库！

这些假发票做工精致，仿真度极高，票种齐全，有本省的，有外省的；有普通发票，也有增值税发票，共计200多万份，打包后装了满满一货车。据犯罪嫌疑人供述，这些发票是专门在他的家乡饶平定制的，定期通过长途大巴运送到深圳来，饶平制造的假发票在深圳市场“口碑”最好，而阿亮就是饶平制造的假发票的“总代理商”。

【办案者说】

“机打”发票也能造假

据深圳市公安局经侦支队三大队副大队长吴远辉介绍，“机打”发票已经发现了假票。在公安、地税部门的办案检查中发现，过去违法犯罪分子制贩定额发票，如今也将魔爪盯上了“机打”发票。这种“机打”假发票造假程度非常高，不但发票纸张几乎与税务机关的一致，而且发票的号码也是套用税务机关的真实号码，难辨真伪。

制贩假发票有几个主要环节，包括制造、批发、订货、储存、运输、交货。那些逢人就问“要发票吗”的属于游商，是整个利益链条的最末端，在“前台”打游击的许多都是妇女、老人、残疾人，往往还抱着小孩做掩护。与过去相比，现在通过网上 QQ 群招揽生意下订单的甚为常见。在警方端掉的一些窝点中，造假者除了有假发票模本、电脑、印刷机、打印机，还有假印章，一些犯罪团伙甚至可以通过非法渠道获取发票专用纸张和防伪油墨，制造出以假乱真的“发票”。

第三篇　警务创新

经济的快速发展、社会的逐渐转型给我国的社会管理带来了新的问题与挑战。积极推进公安机关社会管理创新，全面提升公安机关维护社会稳定的能力和水平，是当前公安机关面对的问题、挑战与机遇。

警务发展只有两条道路：其一是外延式发展，其二是内涵式发展。前者通过增加政府投入，扩编警察队伍来实现，但这种发展模式并不现实；后者通过警务创新，提高警务服务水平和服务效率，尽可能地满足老百姓日益增长的警务需求。无疑，这应该是公安工作落实科学发展观的必然举措。

广东各地公安机关紧紧围绕人民群众关注的治安秩序问题，积极改进公安工作，使服务管理更优化、更合理化、更切合社会需要，更加符合人民群众的利益。比如，顺德全面推进社区警务信息化，社区民警携“移动警务通”随时随地办公；佛山禅城警方以“民生警务”为创新理念，精心打造230个“小半径”警务服务圈后，将社区警务工作从过去的“粗放型”模式转变为“集约型”模式；肇庆建立三级公安微信平台，市民多了随身“对讲机”，基层人群获取警方公共服务更便捷；深圳建立全国第一条反诈专线，快速斩断电信诈骗的通信链和资金链；清远连山通过培育警队文化提升战斗力，走出了一条具有山区特色的平安建设的路子。

正所谓“思维一变，空间无限”，只有创造性地解决发展中面临的各类突出问题，才能不断推动警务工作转型升级优化发展。

顺德陈村派出所完善“大社区”格局，全面推进社区警务信息化

民警携“移动警务通”随时随地办公

洪奕宜　曾祥龙　张　雷　李泳荷

【平安样本】

对顺德公安局陈村派出所潭洲村社区警长卢楚炜来说，一天的工作从打开手中的“移动警务通”开始：一点开屏幕，任务菜单便提醒他，今天是到摩托车维修店开展治安检查的最后期限，还要走访两户重点出租屋。他马上心里有数，当天的工作便围绕警务通提醒的工作事项进行。

这是陈村派出所试点移动社区警务平台的一幕。如今，在陈村镇，17 名社区警长人手一部警务通。他们彻底从参与派出所办案、中队值班的事务性工作中解放出来，全身心投入到社区工作中。

社区民警弹性上班

社区警务信息化改革，前提是内部机制要理顺。为此，陈村派出所创新社区民警专职管理。2012 去年 7 月，陈村派出所一口气拿出 17 个社区警长的岗位，面向全所 170 多名民警竞聘。

“别小看这些社区民警，他们绝不是单打独斗，而是管着一支几十号人的队伍。”陈村派出所教导员李斌告诉笔者，如今全镇分散的治安队员、视频监控员、护村队员、综管员和消防协管员 5 支队伍 700 多人全部归由社区民警统一管理、统一指挥、统一考核。为了提高社区民警政治待遇，派出所还积极争取镇党委政府的支持，由社区民警担任村居党支部委员。

卢楚炜便是主动竞聘成功当选的社区警长。他说，社区工作虽然繁琐，却是警务工作的重心工作，也是基础性工作，有挑战性，他愿意在这里干出成绩。

赤花警务室社区民警梁锐柏多年在基层一线工作，他的感受更为明显。“社区警务包括149项日常性工作，平时还要参加中队值班、办理案件、承担设卡任务，占了很多时间，所以真正到社区去走访工作的时间并不多。”梁锐柏说，社区民警专职管理改革后，实行弹性上班制度，他便彻底从繁重的派出所、中队工作中解放出来，将主要精力放在社区，扎扎实实开展基础工作。

携带警务通走访社区

社区警务专业化、专职化为夯实社区基础、推进社区警务信息化奠定了基础。如今，陈村派出所作为全省试点，警务信息平台和移动警务通的工作开展得有声有色。

社区警务平台及移动警务系统整合了流动人口、出租屋等14个业务系统，社区民警只需要打开一个平台，就可以开展所有的工作，只需录入一次信息，系统就会自动关联到其他系统，大大减轻了社区民警的工作负担。系统还实现了信息提醒、预警，并对社区民警的任务执行、完成情况进行实时监督、量化和自动化考核。

“以前社区民警查询和录入信息都要在办公室电脑上操作，导致很多时间都耗在办公室，现在，我们只要随身带上一部警务通，就能随时随地开展工作。”卢楚炜拿着移动警务通向笔者演示。

移动社区警务平台使用效果明显。2013年一季度，陈村派出所通过标准地址库信息采集及社区民警到社区开展工作，共发现和提供违法犯罪线索90多条，协助抓获嫌疑人72人，协助破获刑事和治安案件64起。

【对话】

陈村派出所所长何碧耀：

将给60余名综管员也配备警务通

南方日报：陈村派出所确定“社区警务先行”思路，是出于什么考虑？

何碧耀：我们调研发现，社区警务包涵共约140多项日常性工作、涉及25

个系统、大概要填报40项台账报表，工作繁杂、重复，社区民警疲于应付。所以，我们完善“大社区”格局，出台了一系列措施，包括创新社区民警专职管理，狠抓社区治安基础建设，优化社区巡防队伍管理，推进社区警务信息化和智能化等。

南方日报：为什么选择将移动社区警务平台试点建设作为突破口？

何碧耀：公安信息化建设是这几年警务工作的大趋势。目前社区警务缺乏有效信息作为支撑，在警力有限的情况下，运用信息化手段，能大大提高工作效率，这也是我们创“平安陈村”的实际举措。从目前试点移动社区警务平台和移动警务通的情况来看，效果非常明显。接下来，我们还将给60多名综管员也配备这样的警务通，实现信息化联网办公。

南方日报：社区民警管理着这支数百人的群防群治队伍，权力还是不小的，如何让他们用好这支队伍，确保不滥用职权？

何碧耀：有权必有责。对社区民警的工作，我们也强化督导考核，包括将任务细化分解、实行绩效考核。而且，我们试点的移动社区警务平台，能实时监督社区民警开展工作情况，对于“四色预警”指标靠后的社区民警，会通过电话提醒、约谈、诫勉谈话的形式，来激发民警的工作责任心。

【边走边评】

小社区，大社会。社区警务事务繁琐，要做好并不容易。陈村派出所提出“大社区”格局，力求从小处着眼，狠抓社区治安基础建设，密织村居治安防控网。值得一提的是，他们通过社区警务专业化、社区民警专职化，大胆借力现代科技信息化手段，实现了社区警务信息化，是一条可供借鉴的基层警务创新之路。

佛山禅城警方以“民生警务”为创新理念，频出实招，日均警情降至90宗左右

300民警“精耕”230个“小半径”社区

洪奕宜　曾祥龙　孙　勇　陈冬生

【平安样本】

白天走访商户，夜里出更巡逻，在工作中还要预防犯罪、收集情报——这是佛山禅城区城南派出所社区民警黄俊峰的真实工作写照。在新一轮警务机制改革之下，“一警多能”在这些社区民警身上得到了生动体现。尤其是在禅城警方精心打造了230个“小半径”警务服务圈后，社区警务工作一改过去“粗放型”的工作模式，向精耕细作的“集约型”模式转变。

得益于一系列以“民生警务”为创新理念的改革，禅城区日均警情由2011年初的220宗左右持续降至目前90宗左右。“我们还在继续努力，目标是降到60宗，那时，老百姓的安全感肯定更高了！”禅城区副区长、公安局长李剑雄信心满满。

划出230个警务责任区

随着城市的发展，社区面积大小、人口数量、管理难度不一，社区民警们任务量不均等，也难以及时全面掌握辖区的各类治安信息。以2012年为例，该区专职社区民警124人，平均每人需对应服务1万名群众。全区人口最多、治安状况最复杂的永新社区，人口总数近3万人，其中外来人口2万多名，仅靠1名社区民警，就算全年不休息，平均每天也要走访82人。

经过调研，分局党委确定了精细化管理的工作思路，从2013年3月起，将全区12个派出所管辖的124个社区划分为230个警务责任区，全新打造“小半径”社区警务服务圈。

“小半径”服务圈，是个什么概念？笔者了解到，如今平均每个责任区管理

实有人口约5000人，由1名社区民警负责，若干个警务责任区为一个片区，由原有社区和巡防中队领导协调片区工作。这样就基本实现了责任区工作量基本均等，促进社区民警将各项工作任务落到实处。

一下子设了230个警务区，警力从哪里来？禅城警方巧妙做“乘法”：将派出所六成警力下放到警务责任区当民警，治安相对复杂的责任区由分管所领导或社区中队领导担任；将派出所巡防中队合并到社区中队，社区中队及巡防中队的领导担任社区民警。这样，社区中队的民警数量就由原来的120多人增到了320人，占派出所总警力的43.6%。

以最早启动这项改革的试点单位石湾派出所为例，2013年1—4月，该所做到了出警“零延误”，110有效警情、刑事警情同比分别下降7%和22%。在全区推广改革两个月来，全区110接报刑事治安警情4115宗，同比下降34%，日均68宗。

用心干、干得好，社区民警也有晋升前途。以城南华夏社区民警黄俊峰为例，他因工作突出，被提拔为所在社区中队副中队长。

“一把手”挂点治安“重点户”

永新社区是禅城区最大的“城中村”，也是离市中心地带最近的“城中村”，社区内旧平房式出租屋多、流动人员密度大，治安状况复杂，警情居高不下，是多年来禅城治安整治的“重点户”。

对这块“硬骨头”，公安局长李剑雄决定亲自“啃”下。从2012年开始，他亲自带分局公共关系科、指挥中心挂点永新社区，与辖区的环市派出所共同开展巡防和整治工作，并实行“同任务、同考核、同奖惩”的“三同”捆绑考核机制。

经过实地走访调研，整治组发现，永新社区文华公园有三类侵财案件值得重点关注：第一类是砸车窗偷包，第二类是在体育馆扒窃，第三类是在灯光昏暗地区行窃，甚至引发了命案。整治组开始多方出招：主动与体育馆沟通建议增设物品保管箱，减少扒窃警情的发生；巡防力量对这三类场所重点倾斜，并联合各单位保安积极防控，间插巡逻，力求对接填补防范缝隙；与此同时，加大对出租屋和重点人员的走访。

经过一系列“组合拳”，永新社区的治安环境明显得到改善，2012年全年刑事、治安警情同比下降达52%，在此基础上，2013年1至4月，原始总警情同比再次下降达22.7%。

在禅城公安分局，全体领导和机关科室队均要和一个治安复杂社区挂钩，开展巡防和整治工作，而且，领导级别越高，挂点的社区越复杂。到年底检查验收时，整治成效则与挂钩点分局领导、派出所领导、机关科室和社区民警考核奖惩直接挂钩。

警种合成作战无缝衔接

在做实“小社区”、筑牢社区基层防线的同时，禅城警方也不忘“大巡防”、推动警种合成作战。从2011年起，禅城公安调配机关警力充实街面警力，分局领导和机关民警每日包干巡控重点路段。派出所“四班”运作制也在全警推广，路面见警率高了，“管事率”也高了。以交通整治专项行动为例，机关民警参加早晚交通高峰疏导，他们不是简单的“站街”，而是被赋予了处罚机动车乱停放和行人乱穿马路的权限。

在“大巡防”工作中，派出所和交、巡警“三警联动”模式收效甚佳。过去巡警在街面打击犯罪，抓了嫌疑人后移交给派出所，但由于巡警不注重收集、保存证据，容易出现移交给派出所后因证据不足而案子办不下去的情况，只能放人。这就造成双方之间互相埋怨。于是，业务部门之间闹得不太愉快，也严重影响了办案效率。

推行一警多能和警种合成作战之后，巡警抓到嫌疑人后，还要确保收集到足够的证据、达到立案标准后，才移交给派出所。这样一来，不同业务部门之间的合作达到了无缝衔接，工作效率大大提高。

【对话】

禅城区副区长、公安局长李剑雄：

要求民警做的，局长首先要做到

南方日报：提倡“一警多能”，有什么现实意义？

李剑雄：如今我们所面临的治安警情要比过去复杂得多，而警力不足，是目前公安队伍面临的最大问题。过去，每个警种是单打独斗，但现在，我们要打破警种职能界限，推动警种合成作战。比如，巡警和派出所不仅要开展巡逻防控和打击犯罪，高峰期也要参与疏导交通；交警则配枪上路指挥交通，发生轻微治安案件同样可以介入处置。

南方日报：作为一局之长，您为什么要带头上街巡逻，还要亲自挂点最复杂的社区?

李剑雄：基层一直都是实施社会治安管理的最前沿，但基层警力却捉襟见肘。我们在全局实施全警大巡防工作，要求机关民警也不能总是坐班办公，也要抽时段轮值上街巡逻，目的是深挖机关民警潜力，让更多的警力下沉到基层。要求民警做的，自己首先要做到。所以，我们全体局领导都要带头穿街走巷，每月至少上路武装巡逻 5 次，每次不少于 2. 5 小时。

南方日报：机关民警都是坐班办公，现在让他们上路执勤，有没有取得实效?

李剑雄：推动警力上路、警力下沉，让禅城的老百姓明显感受到，在街头的警车、民警多了，出警的速度更快了，他们就会感到安全、满意。机关民警上路以来，累计受理群众求助 5 万余起，协助或直接抓捕各类违法犯罪嫌疑人 3000 多人，成效不错。

【边走边评】

在禅城采访，感受最深的是“民生警务”这个关键词。为促治安持续向好，为百姓营造一个安全的环境，禅城警方频出新招、实招，多管齐下，打出一系列“组合拳”。无论是打造“小半径”社区警务服务圈，还是警力下沉开展大巡防，一切都是从基础性工作抓起，为的是提高治安管理和服务社群的能力。采访中，李剑雄局长说的一句话尤其让我印象深刻，他说，一件小事对警察来说可能司空见惯，但对普通老百姓可能是大事，所以大案要破，小案也要破。

湛江警方从实际出发变革街面防控模式，让警力前移

24小时警务岗亭建到家门口

陈捷生　曾祥龙　叶　聪　杜小虎

湛江市赤坎寸金路到麻章三岔路口，是寸金派出所管辖的治安复杂路段。以前，12名民警和治安巡逻队员每天日夜上路巡逻和伏击，路面“两抢”案件却依旧高发。自从三岔路口建起了醒目的警务岗亭之后，情况发生了翻天覆地的变化——12人24小时轮岗值班，同时辅以街面巡逻伏击，警力虽不变，但该路段的“两抢”案却迅速实现了零发案，其他警情下降五成。

在人流物流集中、案件事件高发、治安状况复杂的地段推行建设警务岗亭，让警力前移，是湛江警方根据实际情况对街面防控模式进行的尝试，一个个岗亭在城区街面上编织起了一张平安大网。岗亭不但能打击震慑街面犯罪，还能调处纠纷化解矛盾，用辖区居民老王的话来说，就好像“派出所”来到了家门口。

【平安样本】

很长时间来，街面上的“两抢”一直是湛江治安防控中最大的难题。多年来湛江民间甚至流传着这样的说法：没被抢过的就不是湛江人。湛江常务副市长、公安局长张荣辉决心从变革街面防控模式入手改变这一现状，24小时警务岗亭推动了改革的实施。

每当夜幕降临，金沙湾观海长廊的君临海岸警务岗亭3盏红灯和3盏蓝灯准时亮起，耀眼的警灯一直闪烁到天明。警灯安定了夜归人的心。住户刘小姐乐呵呵地说，“以前夜里回家，听到有摩托车声总会心头一紧，现在白天和晚上都能在家门口见到警察，感觉安全多了”。

从被牵鼻子到主动作为

湛江街头设置的24小时警务岗亭，并非传统意义上“一岗一人”的小治安岗亭。警务岗亭里全天候有人值班，还配备有视频监控系统，岗亭覆盖的治安防控范围内的重点路段和区域，值班民警都可以在电脑屏幕上看得一清二楚，一旦发生警情可以迅速出动，近距离打击犯罪。

在寸金路到麻章三岔路口的治安岗亭前，寸金派出所教导员林教喜说起以前防控之苦连连摇头：“这条路有两个大中专学校，三所初高中学校、一家医院，是进出第一、第二技工学校的必经之路，又是赤坎与麻章的交汇点，一直是派出所最头疼的一条路。以前，所领导亲自带队在路面从早守到晚，但都无法消除街面防控的盲点。基本每天都有案件发生，最高峰一个小时内连发三起案件，民警既要通宵达旦地巡逻，又要抓人审讯。群众不理解啊，抱怨路面上怎么总是见不到警察，为什么东西总是被抢”。

2012年9月份，赤坎公安分局在该路段赤坎与麻章交汇的三岔路口设了一个警务岗亭，实行24小时分班值守，辅以街面巡逻和防控。一个小小的岗亭，使得这条曾经的“麻烦路”变成“平安路”。林教喜认为，设一个警务岗亭，不光是警力下沉、前移提高了见警率和管事率，更重要的是实现了驻点防控，这就等于把派出所搬到居民家门口，出警更迅速，处置更及时，其震慑作用可以辐射附近一大片区域。虽然人员部署仍旧是12个，但案件少了，派出所的治安压力也随之减轻，民警过去是被案件牵着鼻子走，现在能够腾出双手，根据警情主动作为。

统计数据显示，赤坎全区推行警务岗亭以来，公安分局接报各类警情同比下降了10.6%，其中“两抢”警情更是直线下降了19.8%。

打击犯罪与警务服务并举

警务岗亭的功能不仅仅在于治安，除了把打击犯罪移到最前沿，同时也把警务服务送到了家门口。

赤坎世贸大厦地处城区繁华地段，人流物流密集，以往也是小偷经常“眷顾”的地方。自从设了警务岗亭后，小偷小摸现象明显减少，就连商场里的消费纠纷，也因治安力量的及时介入，往往“大事化小小事化了”。警务岗亭能擒贼，能调处，也能救人。1 个月前，一名 40 来岁的男子深夜不慎掉入大厦正对的南桥河中，拼命挣扎呼救，岗亭警员接报后及时出动，落水男子最终被成功救起。

2012 年的端午节，第六届中国湛江海上龙舟邀请赛在赤坎区金沙湾观海长廊海湾举行。当天，君临海岸岗亭先后接到请求帮助寻找丢失孩童的求助 15 起。直到当天下午 6 时许，还有 3 名孩童没能联系到家人。岗亭民警和队员从家中拿来小孩的衣服，为因下海游泳没有衣服换的孩童换上干净衣服，还为他们买来食物，一直忙到晚上 8 点多钟才将这 3 名孩童安全地交到各自父母手中。

在赤坎和麻章交汇处的岗亭更是深受司机朋友的喜爱。这里是前往赤坎，或去麻章、廉江、海南的必经之路，许多司机不熟悉路，就到岗亭门口问一声，让民警为他们指一条道。晚上，夜归的司机疲倦了，就到岗亭里头喝口水，与值班民警聊天。

“有困难，找警察”是老百姓的口头禅，如今，随着警务岗亭的出现和推广，“有困难，找岗亭”在湛江也逐渐深入民心，岗亭成为密切警民关系的纽带和平台。

向民力向科技要警力

警务岗亭让警力下沉、前移，保证了街面治安防控的基本面，然而在警力有限的前提下，如何实现线上、点上的覆盖？23 名民警，1.32 平方公里，45000 名常住人口，3000 名流动人口，这是湛江市区一个公安派出所面临的基本情况。平均算来，一名民警至少要承担 5.7 万平方米的治安管理和 2000 多人口的管理任务。两条胳膊两条腿，怎么管？

湛江警方的思路是：让基层派出所结合实际因地制宜，各出妙招找“帮手”，向民力要警力，向科技要警力，不断扩展和延伸社会治安力量的覆盖范围，让每位热心治安的“帮手”成为联防基点，由点及面连接成片，织就成一张立体化的社会治安防控网络。

在爱国街道办洪屋社区，“红袖章哨子队”应运而生。该社区地处老城区，小街小巷纵横密布，警车根本无法进入巷道巡逻，这个以社区退休的大爷、大妈为主体的群防群治组织的出现，有效弥补了老城区防控警力覆盖不足的问题。2012年11月初的一天，60岁的邓大妈在华桥招待所附近见到一名男子抱住一名骑自行车的妇女抢包，大声吹响了脖子上的银哨子，引来众人相助，抢劫者落荒而逃。“自从戴上‘红袖章’后，正义感强了，胆子也大了”，邓大妈笑眯眯地说。

相比于“流动哨兵”，“电子哨兵”更是全天无休、风雨无阻地忠实站岗。目前，全市对治安视频监控系统采用市、区、企业、私人四级建设，由110指挥中心、分局和基层所队、各单位自身三级管理，每条街、每个地方都有编号、分类，全市笼罩在一张视频监控网络中，一有案情事件，警方立即可从系统中调出视频，嫌疑人无所遁形。

【对话】

湛江常务副市长、公安局长张荣辉：

用“苍蝇理论”编织平安大网

南方日报：在我们的采访中，不少市民对于湛江近年来的社会治安还是认可的。

张荣辉：问题的关键还在于我们把街面犯罪尤其是“两抢”案件压下来了，这直接影响的是老百姓出行的安全感。“两抢”一直是治安整治的重点，原本仅市区每天接到“两抢”警情就有约20宗，如今全市同类警情每天只在10至14宗之间，甚至破天荒地出现过零发案。我们通过3年的努力，在街面防控警务模式上尝试着去变革，广大干部群众是认可的，社会治安的好转是有目共睹的。

南方日报：目前湛江整个立体化防控的思路是什么？

张荣辉：打个比方，就如同打苍蝇一样。你这里有一桌子好菜，一定会引来苍蝇，苍蝇要打，但也是打之不尽的，你不知道它从哪里飞来，这时候怎么办呢？最好就是拿个网把菜罩住，不让苍蝇飞进来。如果发现苍蝇飞过来了，那就把它消灭掉，我把它称之为“苍蝇理论”。而把菜罩住的这张网，就是我们正在编织的平安大网，具体来说包含了人防、物防、技防、群防、网防5个方面。人防方面，我们进行了街面防控的警务探索，设置警务岗亭让警力下沉、前移，用网格化管理强化督导；物防方面，我们在重点单位做好围墙和警报器的配置，在有条件的城中村、社区独体楼实行围院式管理；技防方面，以视频监控为主体，2013年全市还将增加3万个摄像头；群防方面，我们广泛发动群众参与社会治安，在城区创建红袖章社区，农村地区建设平安新村，城中村则发挥邻里守望功能；网防方面，我们及时清查和消灭网吧里的犯罪、网络上的犯罪，与网吧等经营单位签订责任书。只有把这5张网织好，创建平安才不是纸上谈兵。

南方日报：除了织起防控大网，警方还将在哪些方面有所动作？

张荣辉：严防与严打是分不开的。在严厉打击各类刑事犯罪上，这3年来我们做了很多努力，通过一系列行动，打掉了一些盘踞当地多年的黑恶势力团伙，通过几个大案的破获，对黑恶势力有了很大的震慑。严打严防严管之余，接下来，我们还会狠抓队伍建设，提高民警的业务能力和思想水平，不要把公安工作当职业来看，要当事业来做。我们将在局里搞竞争上岗，拿出100个科级岗位来竞聘。

【边走边评】

同样的路，同样的警力，因为街面警务防控模式的改变，治安环境发生了翻天覆地的变化，一个小小的岗亭，却发挥出巨大的能量，突破了困扰派出所多年的治安管理瓶颈。这就是变革的力量。在治安管理上，走封闭僵化的老路，墨守成规，已经不适应新形势的发展，已经无法满足立体化防控的需求，从实际出发，因地制宜地寻找合适的突破口，整个社会面防控才能立得更牢，行得更畅。

一改以往公安单打独斗局面，多部门联动、全民参与推进禁毒工作

中山“全民禁毒”街坊送子戒毒

洪奕宜　曾祥龙　姚舞云

【平安样本】

2013 年 3 月 28 日，在中山务工的贵州人陈某亲自将吸毒的儿子阿星送到了派出所强制戒毒。他说，儿子交友不慎染上了毒瘾，痛苦不堪，家人无计可施，现在公安搞“大收戒”，对他们来说真是好消息，“希望儿子能在戒毒所里好好改造，彻底戒断毒瘾，回来重新做人。”

街坊“大义救亲”、送子戒毒，这样的场景 2013 年以来在中山时有上演。继“全民治安”战略以后，中山将禁毒工作作为当年公安工作“一号工程”，由“一把手”亲自抓、重点抓、长期抓禁毒工作，努力争创全国治安最好城市。

“院所合作”收治“瘾君子”

在中山市看守所隔邻，是中山市第二人民医院南区分院。作为首家“院所合作”医院，成立于 2011 年 6 月的南区分院主要承担市劳教、看守所、公安局强制隔离戒毒所、拘留所在押病人的治疗等任务。

作为一所特殊医院，这里有一般医院所没有的专门设施，比如这里的座椅都加设了防护锁，还设有传染病区，传染病患者被隔离在病房内，房间门外都有重重的门锁把住。

采访中记者了解到，有些吸毒人员感染了艾滋病毒，被家人抛弃后流落街头，经常盗抢、敲诈，沦为当地一害。为了“谋生”，有的感染者甚至威胁说要“用针头扎人”以勒索钱财。对基层派出所来说，这些“白粉仔”就算抓了起来，也没有特殊的场所羁押，于是便导致“屡抓屡放”的怪现象。如今有了南

区分院，“大收戒”工作便再无后顾之忧。

中山市公安机关指挥、禁毒、治安、监所等部门与基层单位密切配合开展“大收戒”，及时解决了以前经常出现的收戒、收治不畅问题。戒毒所、拘留所和看守所各司其职，调集民警和医务人员24小时轮番值班，还建立了收戒收治吸毒人员的绿色通道。

中山全市24个镇区党委、政府高度重视，加大投入，积极从领导督战、部门协调、经费保障等方面给予大力支持。公安、禁毒、司法、流管、村（居）等协同作战，全面摸清吸毒人员底数，及时查控吸毒人员，综合采取验尿和收集旁证等方法，发现一个查处一个，吸毒人员陆续被收戒收治，很多原来因病、自残威胁等没被收治的人员均被依法处理，逐步实现“应收尽收，满员收戒”的目标。

对娱乐场所涉毒“零容忍”

“以前吸毒的可能以社会上的无业人员居多，但这几年查获的案件显示，吸食人员的职业已呈多样化，白领、学生、企事业单位工作人员都有。”中山市公安局缉毒禁毒支队教导员黄万顺告诉记者，吸食人员地域扩大化、职业多样化、毒品新型化，禁毒形势严峻。此外，价格低廉也是新型毒品泛滥的原因之一。

对涉毒重点娱乐场所，警方一直采取高压态势，对涉毒娱乐场所“零容忍”。对这项工作，局党委十分给力，为禁毒支队赐赠“令牌”：一旦需要，禁毒支队可直接调用特警参与办案行动，无需再向局长请示。为了防止人情办案、人情执法，中山警方在查处涉毒场所时明确异地用警原则。

在对涉毒娱乐场所进行查处方面，采取的是“一案一议”制，公安、工商、文化、禁毒委等相关部门召开联席会议进行专题研讨。“一些场所负责人很狡猾，被公安查处后，就快速采取注销企业或变更法人的办法，以此来逃避打击。”黄万顺介绍，“一案一议”制一方面就是为了打击这种小聪明小伎俩，让各部门之间相互知会，比如公安查处了场所，马上反馈给工商部门，被列入“黑名单库”的场所企业法人，就算要注销企业，也无计可施；另一方面，这种联席会议机制，还避免了“公安一家说了算”的弊端。

据统计，2013年以来，中山警方共查处了7间涉毒娱乐场所，其中停业整顿4间，建议吊销营业执照3间。公安机关还与各娱乐场所签订了责任状2000多份，让各场主管好自己的一亩三分地。

举报贩毒制毒可获奖30万元

2013年以来，中山市向毒品发起凌厉的宣传攻势，利用报纸、电视、网络、社区宣传栏、微博、微信、QQ群等媒介，迅速掀起“禁毒宣传”热潮，并将专题宣讲会开进学校、出租屋、旅业、厂企和学校。对娱乐场所、旅业经营者、出租屋业主和协管员，公安机关组织禁毒知识培训班，并与桑拿、足浴、旅业、网吧法人代表、出租屋主等签订禁毒承诺书和责任状，敦促各行业做好管辖内的禁毒工作。

为广泛发动群众举报涉毒线索，中山公开涉毒举报电话、邮箱和奖励方式。对举报贩卖、运输、制造毒品等违法行为，经查证属实的，最高奖励30万元；举报娱乐场所涉毒行为经查证属实的，除按查获涉毒人员的基本奖励外，另最高奖励可达10万元。据统计，截至目前，中山全市共收到群众举报线索1000余条，发放奖金30万元。

禁绝毒品，人人有责。在声势浩大的宣传热潮下，街坊邻居们积极配合公安机关“大收戒”工作，甚至有人“大义救亲”，将自己的亲人送到派出所强制戒毒。中山三角镇有一名吸毒人员，为了筹毒资而常常在外敲诈勒索，想着法子变卖家中值钱的财物，甚至偷走了家里的小车卖掉。苦于没有场所隔离，家里人甚为无奈。“全民禁毒”启动后，民警在全面排查中了解到这一情况，将这名吸毒男子予以收戒，其家人对公安十分感激。

对戒毒出所人员，基层公安部门积极与民政、妇联、居委志愿者沟通联动及时帮教，提供职业技能培训，协助其工作就业、重归社会。中山市南区竹秀园社区林某，从1991年起染上了毒瘾，被公安机关送强制戒毒三次之多。为了帮助林某成功戒掉毒瘾，母亲及兄长对他不离不弃，坚持每个月陪他到派出所做尿检，这样一过就是三年。在家人的帮助下，林某终于走出了毒品的阴影，生活回到了正常的轨道，并通过自己的努力赢得社区居民的认可，被村民推举为村民代表。

开展“全民禁毒”以来，中山全市吸毒人员预警数和触发预警的吸毒人员数呈持续下降趋势，全市刑事案件和治安案件数均有明显下降。

【对话】

中山市公安局缉毒禁毒支队副支队长张世荣：

禁毒绝不仅是公安一家的事

南方日报：将禁毒工作扩大到全民参与的范围，这样做的目的是什么？

张世荣：吸毒容易戒毒难，一旦染上毒瘾，要真正戒断，难度很大。开展禁毒工作，最需要从源头抓起，全民宣传；也要做好吸毒人员回归社区、社会的跟踪帮扶等工作对接。禁绝毒品、人人有责。禁毒工作绝不仅仅只是公安一家的事情。“全民禁毒”，要紧紧依靠广大人民群众，增强群众抵御毒品侵害的能力和参与禁毒斗争的意识；要从青少年学生抓起，并逐步完善面向不同群体、不同渠道、不同方式的禁毒宣传教育工作体系。

南方日报：通过“院所合作”的模式来专门收治特殊吸毒人员，在全国还比较少见。

张世荣：南区分院的建立，就是为了打击那些借口患病、逃避法律制裁的犯罪分子。比方，犯罪分子患有肺结核，监所不能收监，但如果把他放回社会，就像是投出一枚炸弹，他会传播疾病，同时还可能继续犯罪。有了这所专门收治特殊在押人员的医院，解决了过去收戒工作中“送不出去、送不进去、底数不清”等难点问题。

【边走边评】

在过去的禁毒缉毒案件实例中，公安机关往往扮演着唱“独角戏”的尴尬局面。然而，单靠一家单打独斗，要禁毒谈何容易！中山市的“全民禁毒”，从宣传、收戒、举报、管控等环节入手，调动了宣传、公安、团委、司法、卫生、财政等多部门的力量，在严打犯罪的同时，尤其注重强化“一前一后”的工作——前，是宣传提高群众“拒毒防毒”的意识；后，是积极为吸毒人员回归社会创造条件。多方协力，才能真正拒“毒”于门外。

肇庆建三级公安微信平台，基层人群获取警方公共服务更便捷

派出所开微信　市民多了随身“对讲机”

洪奕宜　曾祥龙　彭家祥

【平安样本】

高考前夕，肇庆端州区宝月派出所微信公众平台收到了这样一条信息：“马上就要高考了，对面马路广告牌的霓虹灯一闪一闪很刺眼，让人无法安心复习。”派出所民警快速调查，发信人“Y. R.”是居住在端州城北路一小区一名高三学生，不堪“光”扰，向辖区派出所微信求助。经派出所民警出面协调，广告牌所属档口爽快地同意摘灯为高考“让路”。问题解决后，此前发来求助微信的高三学生感叹地留言：“没想到我随意发了一条微信，民警就这么尽心地去解决问题，宝月派出所微信给力啊。”

这是宝月派出所官方微信开通后的一个真实案例。作为肇庆首个派出所官方微信平台，其鼓励群众“扫一扫，说一说”，拿起手机“对讲机”，随时随地向派出所反映情况、咨询问题、举报线索。

目前，肇庆市九县市区公安机关也已全部开通了微信公众平台。三级公安机关借助微信积极拓宽网络问政的深度和广度，让社会基层人群通过手机更便捷地获取政务信息和警方公共服务。

就在“七一”之际，肇庆又在全国率先开通政法微信群，微友只要通过用手机扫一扫二维码，或者在微信公众账户中搜一下微信群的成员名称，就可以实现跟警官、检察官、法官和司法、边检等公务人员“点对点”沟通。

扫一扫，说一说

建微信公众平台，这对派出所而言还是个新鲜事。在宝月派出所教导员林荣

看来，这种新型的警民互动模式，是一种有益的尝试，是便民之举。如今，微信平台每天会即时推送警务咨询，包括身份证丢失补办、出入境证件申办、防诈骗宣传等。

微信平台也是群众举报犯罪线索、反映问题情况的一个新型渠道。一次，有网友通过微信反映，端州区妇幼保健院产房内时有偷包警情发生。接报后，派出所立即调取了保健院的视频监控进行查看，发现了一名偷包贼在产房区出没，离开时确实夹带了女式包。经过考虑，派出所决定将这段视频放到微信上，另一方面向网友征集相关破案线索，另一方面也是将偷包贼的作案手法公之于众，提醒群众加强防范。

与此同时，派出所对相关警情进行了综合分析研判，并制定了几方面的打击防范措施。针对视频监控薄弱环节，在派出所建议下，院方很快就在医院门口加装了三个摄像头，并增聘了保安对医院内外进行 24 小时看管；派出所组织警力加强该区域的巡逻伏击，筑起治安防控线；社区民警还深入医院派发防盗宣传单张，提醒群众加强自身防范意识。这几大措施大大降低了这类偷包案件发案率。

随着粉丝量的增多，派出所微信平台在协助破案方面也开始发挥作用。比如，通过视频监控捕捉可能涉案的嫌疑人影像资料，在锁定嫌疑人的前提下，通过链接微信平台，将嫌疑人图像发给各商家、群众，进行布控。“通过微信‘广而告之’，无形中增加了很多‘警力’。”林荣说。

微信问话自动回复

近几年，肇庆的网络问政一直走在全国前列。继 2010 年 2 月 25 日开通全国首家认证的公安微博“平安肇庆”之后，2012 年 9 月 6 日又开通了公安首家微信公众平台。网友们只要输入一些关键字眼，就可以快捷回复得到详细的内容，文字、图片、视频、语音兼备，一目了然。

比如，只要输入“0”或者“实时路况”等关键字眼，后台就会自动回复肇庆高速公路以及端州城区的最新实时路况。相比上网查路况，用微信求助获取实时路况，让过去被困在高速路或马路上的窘境渐成过去式。

“平安肇庆”自 2012 年 9 月 6 日开通以来，已拥有粉丝 5259 个，共群发推送了 235 条涉及到出入境、户政、车管、治安等公安业务的资讯类信息，共接受并答复了近3万多条问政信息，单单是后台设置的视频、文字、图片、语音等答案，就可以自动回复约70%的准确答案，而剩下的30%不适宜程序化即时回答的咨询，则靠人工服务来答复。

这种“即问即答”的模式备受网友欢迎，有网友评价“服务功能强大，相当一个公安分局装在手机里”；还有的感概“比打电话问警察朋友还要方便”。

目前，肇庆市九县市区公安机关已全部开通了微信公众平台。“平安大旺”在2013年6月1日开通首日就收到网友“勇敢的心”报案：“昨天在大旺工商银行ATM机里被人取走5400元，已经报警，希望警察同志帮我找回那5400元，两个月的血汗钱呐。”接到报案信息后，“平安大旺”微信管理员立即向办案部门查证求实，经了解，该网友王某于2013年5月31日18时许在大旺工商银行取钱后忘记取回银行卡，被不法分子钻了空子，取走了卡里全部的钱。警方经监控视频研判分析，在6天后将犯罪嫌疑人杨某英抓获，并退还了全部涉案现金。事主王某对警方在短时间内帮其挽回损失的雷厉作风大加赞赏。

政务微信发布正能量

“哪里有警情，哪里就应该有警力的部署。”在肇庆市公安局警察公共关系科科长陈永博看来，大量的群众生活在网上，警察理所应当跟群众在网上同步前进、生活，在新型网络平台上，给群众提供最大的安全保障、最优质的网络服务。

陈永博提醒，有犯罪分子利用青少年及一些网友的无知，借助微信中的三个工具——“附近的人”“摇一摇”“漂流瓶”，进行诈骗、流氓、猥亵、强奸、传销、抢劫、入室盗窃等犯罪活动，警察应该捷足先登，尽快使用微信中的这三个工具，让警方的声音抢先进驻，改变只是单纯打击的被动现象。

“比如，一个自杀漂流瓶漂到了肇庆警察手上，这个漂流瓶其实就是一条线索。”陈永博举了个例子，“警察收到后，一定不会坐视不理，那么我们运用定位系统，确定了漂流瓶主人所在的位置，就可以通过110让当地警方及时解救。”在陈永博看来，如果全国进行网络问政的警察每人每天都发一个正能量的漂流瓶，积少成多就形成了正义场。

【对话】

肇庆端州区宝月派出所教导员林荣：

公安工作要延伸触角

南方日报：为什么会想到建派出所的微信公众平台？

林荣：随着科技的发展，玩微信的人越来越多。公安工作也要适应这样的趋势，要把工作触角延伸到这里来，宣传防范、搜集信息、服务群众，是一个大有作为的平台。

南方日报：大家愿意用这个微信平台吗？

林荣：现在，大家遇到问题，都开始习惯于发微信寻求帮助，就感觉自己像随身携带了一个“对讲机”，一遇到问题，便可以直接通过微信与值班干警语音对话寻求帮助，特别方便。现在我们平台的粉丝量也在不断增多，相信用的人会越来越多。

南方日报：拓宽了微信这个渠道后，会不会影响到民警进社区？

林荣：不会。微信平台的开通，是为那些玩微信的群众尤其是年轻人提供一个与公安机关互动沟通的渠道，主要是向公众传递安全防范知识。走访社区依然还是民警了解基层民情的最主要渠道。

【边走边评】

科技在进步，公安工作面临的新课题也在不断更新。围绕着“警力跟着警情走”的思路，肇庆警方在网络问政、网络行政方面做出了一系列探索。以微信为例，因其传输灵便、声像字兼备的特点，正受到包括老、中、青不同层次在内的群体的欢迎。肇庆警方将科技与服务相结合，依靠网络打造了一扇新型政务服务窗口，探索出了一条别具特色的网上群众路线，通过“政务微信”树起“政府威信”。

惠州大亚湾立体化防控向海面延伸，组织海上大巡防

精准打击违法　精确海上救援

陈捷生　曾斌戈　张晓敏　陈军科

惠州大亚湾澳头边防派出所码头，两艘边防快艇乘风破浪，以相当于地面每小时60公里的速度奔向大海深处。除了检查港区船只停泊秩序、对未穿戴救生衣的出海游客进行纠正外，艇上的巡防人员还肩负着对海面渔排、船只、海面加油站进行安全检查的重任。而在整个大亚湾海域，这样的巡逻防控，每周起码3次。

在惠州大巡防工作中，大亚湾警方根据辖区实际，将立体化防控向海面延伸，组织起了海上大巡防。"海上不比陆地，情况更加复杂，检查防控更须严格"，大亚湾区管委会副主任、公安局长张忠说，海上大巡防，就是把陆地的巡防理念延续到海上，提高海面的见警率和管事率，精准打击海上违法犯罪，一旦出现警情更能及时实施精确救援。

【平安样本】

大亚湾海域情况比较复杂，其中著名的惠州港口、中海壳牌东联码头、马鞭洲油气码头，都坐落在辖区海岸上，加上海底遍布油气管道，海上渔船、客船和货船众多，为海域的治安防控带来一定难度，特别是装载原油的货船，一旦发生事故将不堪设想。

每周起码3次海面巡防

2013年7月，南方日报记者随警出动，体验了一次与地面完全不同的海上巡防。

行动当天，澳头边防派出所 12 名海面巡防人员分成两组，戴上红袖章，带好对讲机，在派出所整队后出发，分乘两艘快艇出海巡防。巡防的路径是由内到外，由近到远：在澳头港区，巡防人员检查了船只停泊秩序，对停放的船只作简单检查，要求他们安全有序停放，预留充足的海上通道；石化企业的海上码头东联码头、惠州港码头及周边一带是检查的重点，发现禁入区有人摸海螺、钓鱼时，巡防快艇会靠上前去直至成功劝离；驶向深海的途中，巡防人员还沿路检查出海游船，每次在海面发现有快艇载游客出海而游客未穿戴救生衣时，民警都会当即拦截船只，对其进行纠正教育；海面的作业船只多而散，同样也是检查的重点，民警除了检查海面渔排安全隐患外，还对海面加油站进行消防安全检查。一趟行程下来，最快也需要两个小时。

澳头边防派出所相关负责人介绍说，在海况允许的情况下，这样成规模的海面巡防每周起码有 3 次，海面巡防以快艇和摩托艇为主力，设置科学的路线，如同陆地一样，在辖区海域交织起一张巡逻防控大网。除了海面巡逻之外，巡防人员还会不时登上海岛，听取岛上居民的诉求，解决他们的一些实际困难。

出海验身份　船舶分级检查

尽管巡防理念相同，但海上毕竟不比陆地，怎么巡，怎么防，都要考验智慧。大亚湾分局副局长罗庆良说，分局从实际出发，根据不同的对象和目标创新管理机制，着力打造海上动态化巡防。

在港区停泊秩序方面，大亚湾在港区船舶停泊处设置分区提示牌，悬挂宣传标语，实行大船与小船分开停、本港与外港船分开停、不同类型船舶分开停，预留充足的海上通道，确保船舶停泊安全有序。在动态化巡防中，大亚湾建立了出海游客身份查验制度，及时掌握出海人员信息，强化码头、停泊点治安防控，严防在逃人员、偷渡人员等违法犯罪分子乘船出海。与此同时，大亚湾还健全休闲渔业船舶出海报备制度，加强对（持证）休闲渔业船舶的管理，督促此类船舶出海前向派出所上报出海航线、目的地及乘船游客名单等信息，派出所船管民警利用 AIS 系统及时跟进船舶航行情况，并建立船舶分级检查制度，通过"滚动式"船舶基础信息大排查，在综合考虑其经营状况、前科情况、作业海域、功能属性等潜在风险因素的基础上，与船主签订《守法责任状》，实行升降级动态管理制度，在管理上以预防为主，积极落实便民措施，有效防止了漏管失控。

联动实现海域综合治理

“海上的管理，单靠公安一家肯定是远远不够的，我们联合多个部门对海域实施综合治理，重点在人和船”，大亚湾分局副局长杨松说。

据介绍，海上的联动主要包括治安隐患联合防控、矛盾纠纷联合化解、突出问题联合治理。联动之下，不光打击有力，施救也更加得力。2012 年 10 月 2 日 16 时许，澳头边防派出所接到群众来电求救，称其小艇由于尾机故障，失去动力，在鹅洲附近海域抛锚，离陆地约 4 海里。当时海上风浪较大，小艇随时有翻船的可能。接警后，澳头边防所立即启动海上联合救助预案，安排 5 名警力出动公边 44415 执勤艇前往救助，同时，第一时间通知 120 急救车在岸上等候，以便及时抢救出事人员。由于出事小艇没有安装定位系统，边防民警无法第一时间获取出事的地点，所以不断与出事小艇上的人员通过电话联系。经多方努力获知出事地点大约在鹅洲以西的附近海域，边防民警靠着对海域的熟悉，最终找到出事小艇，经过 2 小时的全力搜救，成功将船上 10 人员解救，幸无人员伤亡。

统计数据显示，自开展海上大巡防行动以来，边防大队共出动警力 1036 人次，出动船艇 247 艘次，航时共 634 小时，航程共 2259 海里，实施海上救助 11 起，救助群众 25 人、船艇 4 艘，调解各类海上纠纷 6 起。

【对话】

大亚湾区管委会副主任、公安局长张忠：

从海上联动到海陆联动

南方日报：海上和陆地不一样，把地面上的治安管理理念搬到海上来，遇到过什么样的困难？

张忠：目前，在海上治安管理方面存在两个困难，一是受海上特殊环境和天气等气候条件影响，接处警时间相对于陆地的要长；二是海上案件取证难，证据容易灭失。我们将不断完善接处警预案，加强值班备勤，保证及时有效地接处警。

南方日报：在大巡防思路中，联动是很重要的一环。

张忠：地面有联动，海上也有联动，联动之下，我们强化对辖区重点时期、敏感部位和渔民聚集地的巡查巡视，排查安全隐患37处，为渔民挽回经济损失5万余元。与渔政、海事、海关等部门联合开展海上查缉等执勤执法活动16次，查处违规出海船舶12艘，清理违规电网120余张，没收电线50余斤，查获超马力摩托艇4艘。2013年6月份，我们边防派出所和区公安局刑侦部门联合作战，破获了一起涉案价值过千万元的盗窃港口码头设施案件。我们还要进一步实现海陆联动。区公安机关必须要加强与边防、海事、渔政等部门的的交流和合作，实行情报资源共享，及时反馈情况，形成海陆治安防控工作一盘棋。

南方日报：接下来辖区的大巡防将呈现什么走向?

张忠：下一步的工作思路是进一步落实三级巡防制度，对全区主要道路、主要街道以及村道和居民小区分别划分为“三级”巡段，逐一落实巡防单位和人员，突出管控手段，做到随时见警察，随时见警灯。强化“三安”联动协作，大巡防工作除本身公安外，还要把全区保安队伍、居（村）治安联防队伍联动起来，同时海上边防派出所要组织开展警治联勤、联船联防等群防群治工作，形成覆盖整个海陆地域的群众防范网络。强化破案打击力度，各警种要密切配合、整体作战，对在巡防工作中发现的各项案件和线索，要加快侦办进度，特别是对“两抢一盗”等群众反映强烈的侵财类犯罪要重拳打击。

【边走边评】

平安广东并不等同于平安陆地，平安海域也应是题中之义。惠州大亚湾把巡逻防控的理念从陆地延伸到海面，把动态巡防、联动设防、科技布防等要素有机结合在一起，让辖区的治安防控更加立体化，如同在广阔的海面上编织起一张平安大网。而这种主动走出去的思路和主动联起来的做法，对于沿海城市有着一定的借鉴意义。

深圳警方开通全国第一条反信息诈骗咨询专线，快速斩断通信链和资金链

反诈专线“满月” 拦阻诈骗750次

洪奕宜 曾祥龙 卢 笑 陈奕璇

【平安样本】

“我被骗走了4.9万元，刚刚转账过去才知道被骗，怎么办?”2013年6月28日上午10时38分，深圳市民赛小姐向反信息诈骗咨询专线打来了报案电话，称有人冒充公检法人员以邮包藏毒为由，骗走了自己4.9万元。在转账成功几分钟后，经银行现场工作人员提醒，赛小姐迅速拨打了咨询专线81234567报警请求协助。专线迅速联合银行启动快速处置机制，成功全额冻结事主被骗的汇款资金4.9万元，第一时间为其挽回财产损失。

作为全国第一条反信息诈骗咨询专线，0755－81234567启动一个月以来，共接到各类咨询报警电话5000多个，处置涉案诈骗电话2500余个；联合深圳各银行查询涉案银行账号186个，拦阻市民被骗资金近6万元；成功劝阻来电咨询事主避免被骗750次，涉及金额约525万元。

在深圳各大商业银行，目前已试点建立网安银行警务室。

咨询员24小时值守反诈骗

“这个特价机票网站是不是真的?”“我刚收到一条《中国最强音》发的中奖短信说要汇手续费，是不是有这一回事?”

反信息诈骗咨询专线开通以来，逐渐成为“群众热线”。在深圳市公安局反信息诈骗咨询专线工作室，笔者看到，这里的一切看上去与110接警平台有些类似：30名专线咨询员正在接听各类咨询求助电话；墙上挂着“深圳市信息诈骗辖区发案分布图”，每月诈骗警情发案数、高发警情受害人分类统计、专线快速查控锁控处置情况、涉案银行账号及转款方式分析，涉案通讯工具分类统计等数据分析图表简洁清晰，一目了然。

专线有一批经过心理咨询、信息诈骗防范分析等专业培训的咨询员，他们24小时值守在电话前，帮市民分析该不该汇款。经过专业分析和耐心引导，不少原本压力重重的市民开始冷静下来，阻断了向陌生账号汇款的冲动念头。

专线接受市民有关信息诈骗的线索举报，并及时通报给通信运营商和银行，三家单位联防联控，努力赶在犯罪分子之前斩断资金链和通信链。2013年6月11日15时许，事主吴先生来电，称在某交友网站上认识一个女朋友，对方先后以要开店的名义让吴先生送花，还提供了指定花店的电话，其送了2次共汇款8000余元，后来被要求再次汇款的时候，他才感觉不太对劲，就拨打了专线电话咨询。在详细了解案情后，咨询员小王帮吴先生第一时间核查到该交友网站并未登记注册，所谓的花店也是子虚乌有。这一切就是个骗局！经点破，吴先生恍然大悟，感谢专线咨询员，庆幸自己没有落入征婚诈骗的圈套。为了避免更多群众上当受骗，专线通报相关部门快速封停了该网站和“花店”电话。

研判警情　发布“专线提示”

“专线”在接受群众举报咨询的基础上，还对信息诈骗手法、团伙、区域、受害人群等进行动态分析、深入研判，通过及时发布诈骗警情最新动态和对年度规律性诈骗手法做归纳分析，有效提升了群众识骗防骗的针对性。比如，春节、清明、中秋等节假日期间，机票、火车票网络诈骗高发；五一、十一期间，景点门票网络诈骗多发；寒暑假返校后，退学费电信诈骗警情突出；春节、情人节、七夕、圣诞节等节日期间，礼品团购网络诈骗突出，等等。“总结了这些规律后，警方就能有针对性地开展重点打击，起到事半功倍的效果。”反信息诈骗咨询专线负责人介绍。

在深圳举办大型车展活动期间，专线工作人员在咨询服务中发现，“购车退税”类诈骗成为过去一周较为突出的诈骗手法，有30余名市民反映接到所谓的“汽车售后”“车管所”“税务局”人员电话，谎称可以全额退回购置税。经咨询员及时提醒，来电市民没有轻易汇款，避免了被骗。据此，深圳警方特别对外发布了“专线提示”，对群众起到及时的警示作用。

“秒杀阻断”黑名单号码

针对电信诈骗警情多发的态势，深圳警方将工作重心从事后打击向事前防范前移，相继推出了“E警工场”、“秒杀阻断”技术、“白名单保护”机制等一系列创新举措。所谓“秒杀阻断”机制，就是网警与110接处警平台实现警情实时共享，指定专人每天逐条查看、实时提取警情中的涉案电话和银行卡号码，在2分钟内完成电话号码核查工作后，随即录入“呼死”系统予以遏制。“在技术层面上，就是要求‘以快制快’，做到‘发现一起警情、遏制一批案件’。”深圳市公安局网警支队大队长宗成鹍告诉笔者，目前已做到当日警情100%处置，“呼死”率保持在77%以上。

在开展“秒杀阻断”的基础上，深圳网警将涉案电话工具按照所属运营商进行分流，每日向电信、移动、联通公司通报并限期关停，并对关停情况实行每日监督，将已关停的号码从“呼死”系统撤出。

深圳警方还与运营商建立“110”等政府专用号码的“白名单”保护机制，屏蔽冒充这些号码的诈骗电话，有效防止群众受骗。自“白名单”保护机制建立以来，冒充深圳公安110的改号诈骗环比下降97.5%。警方还协调运营商对“400呼叫转移、捆绑一号通、VOIP网络电话”等涉案“黑名单”号码推送忙音信号等措施，切断犯罪分子的作案渠道。

在深圳各大商业银行，目前已试点建立网安银行警务室，公安与各银行建立诈骗转款高发网点和渠道的“黑名单”通报机制，督促银行加强柜台、ATM机、网上银行的安全防范。2013年以来，各银行主动发现、劝阻被骗群众汇款70多次，挽回损失570万余元。

【对话】

深圳市公安局网警支队大队长宗成鹍：

早一分钟处置或能少一宗警情

南方日报：提醒群众防范电信诈骗，通常都是采用派发张贴宣传单、户外宣

传、上门宣传等方式，为什么还要开通这样一条咨询专线?

宗成鹍：我们统计，当前活跃在社会上的信息诈骗形式有近30种，其中制造危急假象是诈骗分子最常用的手段之一，约占全部案件的60%。不法分子会多次给事主施加心理压力，使其丧失思考能力。受不法分子的恐吓，事主通常会很焦虑、心理负担重，却又不敢跟家里人讲，有事主就算被骗了一大笔钱，也会碍于面子问题而三缄其口。我们开通这条专线，就是通过统一的警情受理分析、快速阻断处置涉案电话和银行帐户、对受害人进行心理抚慰等措施，最大限度降低市民财产损失风险，有效提升市民识骗防骗能力。

南方日报：这条专线是由哪些部门共同组建的?

宗成鹍：除了公安，还有银行、电信部门的参与。这条专线不仅是对遏制信息诈骗犯罪手段的重要补充，更有助于建立监管、防范、打击的完整体系，发挥公安、通信运营商和银行三方的联防联控作用。我们希望群众在遇到信息诈骗时，能够第一时间想到咨询专线0755－81234567。一旦受骗，报警越早越好。我们早一分钟处置，或许就能少一宗电信诈骗警情。

南方日报：对每天接到的这些咨询报警电话，网警部门是不是会对相关数据做综合分析?

宗成鹍：对。这也是我们一项重要工作。比如，我们会对受骗事主的身份、地域、时间等信息做分析，得出一些有参考价值的结论。比如，分析这个月的警情分布图，你就会发现，关外像宝安福永等地，诈骗警情高发。这些地方外来人口密集，外来务工人员对电信诈骗不太了解，警惕性不高，容易上当受骗。根据这样的数据分析，我们就会有针对性地进企业、进工厂进行电信诈骗防范宣传。

【边走边评】

猜猜我是谁？难以想象，一个简单的电话或短信，就能轻松地从他人的口袋中掏走少则几千元多则数十万元的钱财。其实，玩的不是智商，而是经验、是心理。如何增强广大市民群众对电信诈骗的“免疫力”？深圳警方在“事前防范”上大做文章，相继推出了“E警工场”、“秒杀阻断”技术、“白名单”保护机制、反信息诈骗咨询专线等一系列创新举措，最大努力压缩电信诈骗的犯罪空间。

“打防调”三管齐下“和文化”助力平安

洪奕宜 曾祥龙 陈 瑛 王冠国

【平安样本】

2013年上半年，在“创建平安广东”工作首次考评中，“状元”桂冠被粤东北的梅州摘取。此前，她已经两次荣获“全国十大最具安全感城市”称号。

作为一个经济欠发达的山区城市，她是靠什么铸造“平安梅州”？记者在采访中了解到，梅州在坚持打防结合“两手抓”的基础上，将客家“和文化”特色和“和为贵”精神渗入到创新社会管理、化解社会矛盾的各个领域，充分考虑地区实际，走实群众路线，构建良性循环的“大治安”格局。“捆绑综治警务模式”“无缝警务合作”“村务监事会调处纠纷”便是其中的有益探索。

打：梅江50天破167宗盗窃案

对中心城区而言，严打各类严重侵扰民生的案件，仍是公安部门的主业。“虽然辖区面积不大，但因为处于中心城区，一旦发生案件，群众口口相传，影响很大。”梅州市公安局党委委员、梅江区副区长、梅江分局局长谢益民对记者表示。

2012年10月以来，梅州城区相继发生的多起丰田系列汽车被盗案件，被盗的都是丰田霸道、汉兰达、凯美瑞、RAV4等型号的高档汽车。2013年3月31日凌晨4时许，案件成功告破，有车族松了口气。

据统计，梅江警方在50天内接连破获167宗盗窃案件，其中包括多宗盗窃机动车案件，摧毁4个盗窃团伙，为群众及时挽回了经济损失。

为了堵住治安乱源，梅江警方全面整治收缴无牌、套牌、假牌等涉嫌盗抢机动车辆的专项行动。据统计，从2012年10月至2013年5月，梅江警方共查扣机动车230辆，循线破获盗窃机动车案件154宗，同比上升43.9%；破“双抢”

案件43宗，同比上升23.5%。

防：“三组五警区”做实基层工作

在梅县，公安机关在工作中强调的是“三个注重”：注重基层基础、注重主动预警、注重快速反应。对此，梅县副县长、公安局长黄黎明是这样解析的：“在做好做实基层工作的基础上，以情报研判引领警务实战、指导防范打击工作，并整合警力资源、改变接处警模式，提高打击准确性。”

梅县公安局以宝华派出所为试点推进立体化治安防控体系建设，并以推行“三组五警区”警务改革作为突破口。全所30多位民警被分为社区组、防控组、案件组三个组；结合宝华辖区的地理位置、人口、治安状况和行业场所分布实际，将辖区分为5个警区，由三个组具体负责5个景区的日常业务工作。

其中，社区组民警扎根社区，以社区警务为依托，主要负责做好常住人口、暂住人口、出租屋、重点人口等的治安管理，指导治保组织建设和安全文明小区建设等各项治安防范措施的落实；防控组民警捆绑警区，主要负责值班备勤、调处民事纠纷、辖区内巡逻盘查等工作，力求通过防控降低辖区发案率；案件组民警联系警区，主要负责警区的案件防控和辖区刑事案件侦破、刑事警情研判等工作。

2013年3月2日上午，租住在社区华侨城金南货仓商场附近的张先生心急如焚地向社区民警反映，其15岁的女儿阿琴前天晚上与父母吵架后离家出走，还发来手机短信称和同学到了深圳打工，叫家人不要去找她。了解到该情况后，民警多方了解情况，分析阿琴不太可能这么快就跑到深圳，应该还留在县城，经多方向其所在学校的老师、同学了解情况，当天就找到了阿琴的下落，并动员阿琴及时与家人联系，免得家人担心。同时也要求张先生要教育引导正处于叛逆期的女儿，注意方式方法。当晚，阿琴就平安回到了家中。

调：村务监事会调处矛盾纠纷

在农村地区，因小矛盾、小纠纷引起的斗殴和伤害，是一个突出的治安问题。以蕉岭县三圳镇芳心村为例，过去村民之间打架斗殴、村民财物频繁失盗、本村人与外来人员关系不和睦引发纠纷——诸如此类的现象见怪不怪，尽管村干部做工作不少，村民却不予理解。群众一旦有什么诉求或者问题，就非得到县里去，非见县领导不可。

从2007年起，芳心村试着建起了一个叫“村务监事会”的机构，成员有5

名，分别来自该村的5个自然村，由村民选举产生，都是德高望重、群众基础好、也能帮群众说话的村民代表。村民们说，有些话，他们不敢、有时也不愿意直接跟村干部说的，都说给了监事会成员听，由他们把意见反映给村干部，并监督村干部落实解决群众问题。有了监督机构，村干部会想办法去解决问题，实在没有能力解决的，就向上反映。这样一来，群众反映诉求的渠道顺畅了，干部和群众之间的信任也逐步强化起来。在村干部和村务监事会的共同努力，一些矛盾纠纷得到及时妥善的调处，由此引发的治安问题大为减少。

在农村，农耕季节灌溉用水矛盾、土地纠纷最为常见。村务监事会协助村委及时调处矛盾，收效明显。他们还建议将水利管理人员与卫生管理员“合二为一”，解决了水渠清理与卫生管理之间的矛盾，改变了以往水利管理员将水渠的垃圾清理到路上、卫生管理员则将路上的垃圾扫到水渠的“怪圈”。

针对时有发生的小偷小摸案件，村务监事会向村两委提出成立治安联防队的建议，被村两委采纳。很快，芳心村就发动各村推选队员，每个自然村两个名额、共10个人组成一支联防队。平日里联防队员在各村庄收集治安信息，及时发现治安隐患和可疑人员；遇到突发事件发生，村里可立即调动联防队前来处置。

2012年底，芳心村多次发生偷狗的案件。联防队员加强了巡查，一次，他们在村里发现了一名陌生人形迹可疑，便悄悄跟了上去。就在嫌疑人准备下手作案偷狗的时候，联防队员快速冲上前揪住了他，让偷狗贼胆战心惊。此后，芳心村再也没有发生偷狗的案件。

三圳派出所所长宋庆光说，随着村务监事会成立，村一级组织的综治能力明显加强，派出所的工作压力也减轻了不少，一般的小事都是在村里解决掉，不至于事态扩大。据了解，蕉岭县已经有109个村建立了村务监事会。

【对话】

梅州市副市长、市公安局党委书记、局长史明锋：

群防力量构筑治安“铜墙铁壁”

南方日报：恭喜梅州获得好成绩，请您谈谈这一荣誉背后的好经验和做法。

史明锋：我们提出了“三个注重”，也就是“注重基层基础、注重主动预警、注重快速反应”的工作思路。坚持民意主导警务、信息引领警务；加强公安队伍建设，走实群众路线；有效打击各类违法犯罪，构建立体式防控体系，使梅州成为全省治安最好的地区之一。

南方日报：作为世界客都，“以客家传统文化创新社会管理”是梅州的特色亮点，这一方面有哪些创新路径？

史明锋：在平安创建过程中，我们一方面积极营造平安文化浓厚氛围，在全社会形成崇尚“正直善良、诚实守信、遵纪守法”的良好风尚；另一方面是充分发动群众参与维护治安的工作，让联防队、护村队、老干部红袖章、警务信息员等各种群防群治力量参与进来，构筑梅州城乡最基层的治安“铜墙铁壁”。

南方日报：梅州历来崇文重教、民风淳朴，社会治安也比较好，是不是意味着创建“平安梅州”所面临的挑战没那么大？

史明锋：应该说，梅州的民风和治安基础确实比较好。目前保持着案件低发的良好态势。但当前公安机关面临的挑战也越来越大。随着交通大发展，地区之间的空间距离大大拉近，梅州作为地处闽粤赣三省交界处、连接珠三角和海西区的重要通道，人流、物流不断上升。近年来梅州社会经济得以快速发展，各种矛盾也在利益交织中产生。另外，梅州人口521万，警力占人口比例仅万分之八，公安民警长期超负荷工作，也是我们面临的一大挑战。

【边走边评】

近年来，梅州坚持以平安文化为依托，精心打造具有客家特色的平安品牌，以客家“和文化”培育和谐理念，让广大干部群众自觉参与平安创建，有力地发挥了平安文化在化解矛盾纠纷、维护社会稳定、保障经济发展的重要作用。

佛山禅城推进出租屋专业化管理，日均刑事治安有效警情两年降七成

租客违法房东担责　安全出租屋评星级

洪奕宜　张　雷　陈冬生　张　亿

【平安样本】

在佛山禅城沙岗从事放租的张先生懊悔极了，为了赚钱，他明知租客周某用自己的房子来经营黑旅馆，因租客给的租金高，也就睁一只眼闭一只眼，没想到周某违法犯罪被警方刑事拘留，自己也被“拖下水”，不仅被罚款500元，还被拘留进看守所5天。

2013年春节过后，佛山禅城警方立体推进全区出租屋和流动人口管理专业化进程，组建千人专业队，对出租屋进行网格化清查，推行“红黄绿”三色管理。在处罚违规出租屋的同时，也表彰模范出租屋并授予“星级”称号。

自2011年以来，禅城公安通过各种举措降低流动人口违法犯罪比重，禅城全区日均刑事治安有效警情从两年前的250宗下降至如今的70宗，同比下降七成，降幅居全市之首。

千人专业队普查录入出租屋信息

出租屋管理不好，容易成为藏污纳垢之处。据统计，2013年禅城区登记在册的出租屋有5.5万间，类型不仅有居民住宅，还有商铺、写字楼、工地工棚、仓库等。2012年警方查处的1万多名违法犯罪人员中，选择以出租屋作为藏身之处和落脚点的占75%，而制假售假等违法犯罪行为60%以上发生在出租屋内。

为最大限度清除城市治安管理死角，禅城警方对现有出租屋进行地毯式网格化巡查，将全区12个派出所124个社区细分成230个警务责任区。每个派出所再进行片区网格化的细分，在每个片区成立流动人口和出租屋管理专业队。至2013年7月底，禅城区已组建专业队36支，共千余人，主要负责组织、实施辖区流动人口和出租屋治安管理工作，全面核实、登记、采集、录入出租屋和流动

人口基本信息，开展违规屋主处罚，加强重点出租屋清查整治，并对村居服务站日常管理工作进行检查、指导、督促等工作。

各派出所还为每名社区民警购置了移动警务终端，让社区民警可以随时随地对辖区的实有人口和房屋进行查询和管理，提高对辖区出租屋和流动人员的有效管控。“我们的目标，是力争做到‘村不漏屋、屋不漏户、户不漏人、人不漏项’。”禅城公安治安部门负责人说。

在全面掌握出租屋信息的基础上，禅城警方推出了出租屋的“三色管理法”，对出租屋实行分级管理。具体来说，就是根据专业队采集的信息，对出租屋内暂住人员的情况及周边整体治安状况进行分析，将辖区内的出租屋划分为“绿色”“黄色”“红色”3个等级，并建立等级档案。“绿色”出租屋为放心户，可每半年走访1次；“黄色”为普通户，每周巡查1次；“红色”为重点户，隔日清查1次。各派出所还定期召集房东召开出租屋业主会议，进行法律法规的宣讲，提高出租房主管理意识，明确其需要担负的责任和义务。这种“星级”管理，截至目前，禅城公安已重新走访出租屋53000多间，占全区出租屋总数的96%，已采集流动人口信息52万人次。

“五星级出租屋”房东受表彰

对禅城社区民警来说，检查房东是否落实登记租住人员信息，是一项重要的日常工作，对发生治安、刑事案件的出租屋，警方将第一时间进行倒查。一旦发现出租屋发生违法犯罪活动或在出租屋内抓获违法犯罪人员，将会第一时间倒查出租屋房东。对于不承担责任义务导致违法犯罪案件发生的出租屋主，将依法依规严格查处。

据统计，截至目前，禅城公安已处罚违法违规出租屋房东及代理人500余人，行政拘留46人，刑事拘留6人。其中，将房屋出租给无身份证件者，或不按规定登记、上报租赁信息而被处罚房东占80%以上。

“被处罚的房东大多是因为将房屋出租给没有身份证件的人，或没有对租客身份信息进行登记，也没有将出租屋的租赁信息报送给当地派出所或出租屋管理处。”石湾派出所社区民警周基汉表示，也有少部分房东明知承租者在出租屋内进行违法犯罪活动，被公安机关倒查并处连带责任。

违规出租屋受整治，而那些管理有序、安全和谐的出租屋好房东则会受到表彰。2013年7月底，禅城公安在敦厚村举行了“五星级出租屋”表彰活动，为首批5名模范房东颁发了锦旗和纪念品。

年过六旬的区伯是首批“五星级出租屋”房东之一。区伯的出租屋在禅城区华远村月华巷5号，现在住着44名长期租客，平均租住时间有5年左右，最长的一位房客整整租了10年。多年来，区伯始终坚持对租客信息进行登记，人来登记、人走注销，还积极督促租客办理居住证。他还自己拿出近万元，在整栋出租屋出入位置装了13个摄像头、自动感应门等设备。2013年社区民警向他推广了流动人口申报系统“申报易”，区伯一看挺好用，就赶了一回时髦，花钱买了1台笔记本电脑安装该系统。区伯说：“女儿教我学会打字后，从此我不用出门，就能在电脑上登记上报租客的信息，再也不用跑来跑去了。”

房东申报出租屋信息越来越方便

禅城公安分局副局长黄小龙向记者介绍，屋主既可以到流动人员和出租屋管理服务站登记申报，也可以在家用电脑安装流动人口自助申报系统，通过系统录入或注销租住人员信息；还有警方开发的“申报易”系统，通过手机和电脑录入简要信息，社区民警就会上门帮您登记出租屋和租住人员信息。

截至2013年8月，禅城公安已在各村委设立共71个流动人员和出租屋管理服务站，各居委也设立流动人员和出租屋管理服务点。多种举措让屋主的申报自觉性得到进一步加强，全区出租屋登记由年初的5.2万间增长到现在5.5万间。

公安分局局长李剑雄挂钩禅城治安最复杂的祖庙街道永新村。永新社区是典型的城中村，村内出租屋多且以低档出租屋为主，吸纳了相当部分的外来闲杂人员。李剑雄与民警一起制定针对性的整治措施，“局长亲自挂钩，对我而言，既是压力，也是动力。我相信永新社区的治安面貌一定会改善。”永新社区民警傅传均信心十足。

【对话】

佛山禅城区副区长、公安分局局长李剑雄：

让违法犯罪人员难以立足

南方日报：禅城警方整治出租屋着眼点在哪里？

李剑雄：流动人口既是违法犯罪高发人群，也是受到不法侵害的主要群体。据统计，2012年上半年，我们辖区流动人口受害人有2300多人，2013年同期下降为768人，所占比重下降了两成。这个成绩单，得益于对出租屋和流动人口的管理。牵牛要牵牛鼻子，我们的工作也要抓重点，要通过多管齐下的有力措施，让流动人口违法犯罪比重大幅下降，带动全区日均有效警情大幅下降，让群众安全感明显提升。

南方日报：出租屋主会配合警方的工作吗？

李剑雄：说实话，过去有的出租屋主存在抵触心态，经过公安的大力宣传和整治，他们也开始形成自觉履行法律义务的意识。比如高新派出所古灶警务区，2013年5月份仅1个星期内，就有200多名屋主主动领取登记表申报资料。出租屋主也开始主动履行自身出租屋管理的义务，登记租客信息并督促他们遵纪守法。警民共同携手，才能构筑安全社区，让违法犯罪人员在出租屋中难以立足。我还要补充一点，为了进一步挤压违法犯罪的生存空间，对于黑旅业的问题，我们已经制定了工作计划，加强清查整治辖区内不依法登记、非法经营的日租、夜租旅业。

南方日报：“星级出租屋”评选标准是什么？

李剑雄：在禅城，想要获得“五星级出租屋”称号有明确要求，必须具备依法租赁、设施完备、管理有序以及和谐安全4个条件，比如，房东采集和申报综合信息率达100%，及时报告各类隐患，安装门禁视频监控等系统，承租方满意率达90%以上，有效投诉率不超过5%，等等。凡是发生影响恶劣的刑事和治安案件、严重消防安全事故、重大违法违规经营的，都不能参加当年的星级评比。当然，“五星级出租屋”如果表现不好，违反规定，也会被取消星级称号。

【边走边评】

屋主不能光顾着收房租，还要向公安机关申报出租登记，这既是应尽的义务，也是保障自身财产安全的必要措施。禅城警方逐步建立“以屋管人”的工作机制，定下了“教育与处罚相结合”原则。他们创新性地引入“五星级出租屋”评选，是引导出租屋主从原来只收租、不管理，向自觉履行治安责任、建设安全卫生出租屋的有益探索。

汕头交警强化源头治理，2013 年以来全市交通事故起数下降 11.17%

网格化交通管理实招频出

陈捷生 邱松昂

车水马龙的汕头黄河路嵩山路交界路口，红灯亮起，交警迅速将路边带有滑轮装置的伸缩隔离栏推到路中间。从斑马线前到车龙尾端，伸缩隔离栏两头一截，等红灯的车辆立时处于一个相对密闭的空间，骑摩托没戴头盔、无牌车上路等种种交通违法无路可逃，违法者一一被警方瓮中捉鳖。

这是 2013 年来汕头交警实行网格化交通管理后推出的一记实招。在全市的交通综合治理行动中，汕头警方强化源头治理，并创新网格化理念，推出一连串交通管理新措，极大地提高路面的见警率和管事率。2013 年以来，汕头交通事故主要指数持续平稳下降，与 2012 年同期相比，事故起数下降 11.17%，事故死亡人数下降 6.54%，受伤人数下降 14.65%。

【平安样本】

汕头交警龙湖二中队管辖的范围很大，12.5 平方公里的地界上既有城市中心繁华地带，又有城乡结合部，其中还包括了光是外来人口就有 20 来万的全城最大城中村陈厝合。在这片地方，共有 6 个派出所管辖治安，管理交通的却只有这一个中队，30 余名交通警察。警力不多，地方不小，情况复杂。然而，2013 年来辖区交通事故明显下降，交通违法明显减少，全市交通网格化管理后带来的新变化显而易见。

从路口执勤到分片包干

在汕头龙湖区，交通管理共有五横五纵分成 10 个网格，每个外勤中队实际上按面积切分负责两个网格。在龙湖交警二中队中队长纪拥深看来，这种责任到人、细致入微的管理模式，既强化了一线民警的责任心，又有效提高了管理效率。

网格化管理规范了民警巡逻时间、地点，实行高峰期重要路口定人、定点、定岗。工作日每天7时30分至9时30分、11时至12时、17时至19时，这三个高峰时段，中队民警都要上路守护咽喉要道，力保交通顺畅，中间的平峰期则需设点盘查或巡逻。即便到了夜间，20时30分至21时30分之间，每天还有“晚流量”，中队民警还要参与交通综合整治行动，查泥头车、查酒驾。一名基层民警，每天的工作时间将近12个小时。

网格化管理不仅提高见警率，还提高民警的管事率。纪拥深说，以前，高峰期交通管理采取的是“一个路口一个民警”的模式，民警只负责路口的交通执勤，保证路口畅通；如今采取的是“路口＋路段”的模式，即民警不光要管好路口，还有责任管好与之相连的路段。“分片包干”之后，交通管理更加有序，由点连成线，由线连成面，辖区的交通面貌有了很大改观。

在黄河路上班的当地车主魏泽麟最直观的感受是，路面上的执勤交警多了，违法变线等驾驶行为少了，道路相比以前更加顺畅，诸如黄河路嵩山路口、金砂东路金环路口等大型路口，开车过路口的时间比以前更短了。

严抓交通违法　杜绝漏网

交警全警上路，既疏导交通，又打击违法。一名一线交警告诉笔者，在汕头城区，开车违法变线跨实线、搭客摩托乱穿乱插等交通违法行为，很大程度上影响了道路的通行能力，而这类交通违法行为往往容易导致交通事故，进而造成区域性拥堵。而不时可见的骑摩托不戴头盔等现象，更是增加了交通事故导致严重后果的可能性。

在网格化管理中，汕头警方严打交通违法，除了强化路面执勤力量之外，还推出了不少新的举措。

伸缩隔离栏就是其中一记实招。在一些复杂路口或交通违法多发路段，红灯亮起时，交警会迅速用事先预备好的伸缩隔离栏对等红灯车辆进行暂时封堵，每块伸缩隔离栏都装有滑轮装置，上面写有“停车检查，严禁冲卡”字样，从斑马线前到车龙尾端两头一截，车辆就会被固定在相对的区域内，执勤民警则迅速指引有交通违法行为的车主靠边接受处理。

纪拥深说，此举大大提高了警方打击的效率，如此一来，区域内的违法车辆如同被瓮中捉鳖。交警快速处理过后很快打开“闸门”，绿灯亮起车辆如期通行，丝毫不影响交通。“以往查车时，很多非法搭客摩托或骑摩没戴头盔者一见到执法检查，立即掉头逆行，非常危险，现在把两头截住，把交通违法围困在中间，违法者无路可逃，既能一网打尽，同时也避免了逆行引发事故的可能性，一举两得”。而对于行人和非机动车违章，中队还专门制作了“文明出行、从我做起”的马甲，违章者按要求要义务担当15分钟的临时交通指挥员，接受教育。

统计数据显示，2013年4月1日以来，龙湖二中队共查纠交通违法人员10270人次，查扣违法车辆1340辆，查处酒后驾驶违法行为2宗、刑拘醉酒驾驶违法人员2名，拘留无证驾驶人员16名，有效地抑制辖区内交通违法情况的发生，辖区内交通事故发生率明显下降，维护了正常的交通秩序。

整合资源　强化源头管理

相对于打击，预防是平安建设更有力的抓手。强化源头管理是预防道路交通事故的重要措施，也是保护广大市民交通安全的最有效措施和途径。2012年以来，汕头警方全面加强交通安全源头管理整治工作，各区（县）公安（分）局和交警部门进一步整合资源，由交警外勤中队长、指导员兼任辖区派出所副所长，整合交警中队和辖区派出所的警力资源，强化联动协作，从源头上加大对物业小区停车场停放的报废、无牌无证等非法机动车的清查整治力度，加强对机动车销售行业、旧车交易场所和机动车修理厂点的检查，及时清理一批非法窝点，查扣一批非法车辆。

各派出所和交警中队还联手强化路面管控，在各主要路口、重要节点设卡盘查、流动巡查，严查严管严处非法机动车上路行驶、酒驾醉驾等严重交通违法行为，对无牌无证、加装遮阳伞的两轮摩托车和后三轮摩托车等违法车辆，发现一辆坚决查扣一辆，宣传工作进家庭、进社区、进学校、进网络、进企业，提高市民交通法制观念和自我保护意识，从源头上减少交通事故的发生。

【对话】

汕头市公安局副局长郭英杰：

动静结合　完善交通管理

南方日报：交通网格化管理是如何出台的?

郭英杰：路面见警率和管事率历来是党委、政府和群众关注的热点问题，也是事关人民群众安全感的问题。根据副市长、公安局长江楷鑫有关强化勤务管理和八大建设的指示和要求，我们研究出台了道路交通安全网格化管理勤务工作方案，将可调用的警力以及协警一个不漏地摆上路面，对中心城区 33 个重点路口实施定岗、定点、定时管理，并抽调了机关 1/3 的警力参加 33 个重点路口的晚高峰站点。2013 年以来，我们重点抓队伍管理，抓事故预防，抓窗口服务，抓科技设施投入，抓查处违章，抓整合警力，从源头预防事故。实行网格化管理以来，目前取得了阶段性的效果。

南方日报：下一步在交通治理上有什么举措和思路?

郭英杰：在交通管理上，我们还要采取动静结合的方式来加以完善，交警中队和派出所要更高效地联动起来，完成从路面打击到源头治理的转化。不过，交通治理不仅仅是交警部门一家的事情，一系列的新举措运行后，市区的交通状况有了一定改观，但汕头整体交通依旧存在道路基础设施薄弱、先天性不足的缺陷，车多路窄的矛盾仍然没有解决。接下来，我们既要一如既往地狠抓交通秩序，狠抓交通安全，也建议从硬件上改变现状，建设高架桥，开通地铁，建议大力拓宽道路资源，并发展上天入地的立体交通，从根本上缓解城市的交通困局。

【边走边评】

交通网格化管理，就是将全市分成若干个网格，每个网格明晰责任，实行精细化管理，积小安为大安。这种管理模式之前多用于治安防控，在交通领域还不多见。受先天道路条件和基础设施的制约，汕头的城市交通还有很大的完善空间，不过，硬件设施的跟进毕竟需要机遇和时间，汕头交警从自身实际出发，通过勤务模式的调整，踏踏实实、一点一滴地提升交通管理水平，这种善于思考、善于求变的做法，值得兄弟城市借鉴。

连山公安：文化立警提升警队战斗力

洪奕宜 刘志荣 黄浚滨 黄起文

【平安样本】

连山地处粤湘桂三省区交界，全县人口13万左右，县城人口不足3万，偏僻的地理位置、独特的人口结构、二广高速贯穿全县的施工人群、现代经济发展对留守乡村群众的冲击……种种因素使连山的治安管理工作面临不小的考验。

连山公安结合本地实际，通过警力下沉、增设警务室、创新安全防范宣传模式、培育警队文化提升战斗力等一系列举措，走出了一条具有山区特色的平安建设的路子，群众安全感和公安工作满意度从全市8个县（市、区）的倒数跃居为全市双第一。

地方警务室24小时轮值

为了加强社会面防控，从2012年国庆开始，连山公安局集中全县公安机关民警、职工、辅警等警力，抽调县武警中队、消防大队等部队官兵，联合采取“巡逻加便衣、白天加黑夜”等多种方式，全警投入，加强社会面的治安巡逻防控，切实提高群众见警率和公众安全感。

县城是案件多发重点区域，尤以入室盗窃和盗窃摩托车类案件多发。对此，连山警方采取分片包干的方式，由各部门、警种联合负责责任区的治安防范，尽最大努力压减可防性案件的发生。为打击车匪路霸和街面“两抢”案件，连山警方成立了公路巡逻组，每天24小时负责县内国道、省道的治安巡逻，全面强化社会面的巡逻防控。

随着当地乡镇的撤并，不少派出所被撤销，警力明显不足。在实际中，问题开始凸显，比如，在永丰、加田、上草、三水和大富等地，有限的警力难以实现全覆盖，某个地方突发警情后，民警往往难以在最短的时间内赶到现场接处警，对此，一些群众难免会有些意见。

“不能因为撤了派出所就让它成为治安盲点，派出所没有，还可以有警务室嘛！”连山县副县长、公安局长叶玉树提出这个想法后，得到党委班子的认同，于是强力推进警务室建设，很快在永丰、上草、三水、大富、加田5个地方设立警务室，与村委会合署办公，每个警务室安排1名民警和5名辅警24小时轮流值勤。他们的职责很明确，就是负责所辖警务区的治安巡逻防控、及时接处警，并随时接受群众的报警求助。

深入排查　守护“二广”建设

在连山公安2013年的工作中，为“二广”高速建设保平安是一项重点工作。“二广”2014年建成通车后，将结束连山没有高速公路的历史，而在清远134公里建设里程中，连山就占了62公里多。

“二广”工地施工队伍中流动人口多，盗窃类案件易发。为保障施工顺利，连山警方专门派出20多名警力分段在“二广”高速施工路段巡逻，压缩违法犯罪空间。2013年4月10日，连山公安局福堂派出所接到一电力公司员工梁某报案，称其堆放在连山“二广”高速建设工地的20多吨高压线电塔的塔材、钢筋、铝线等物品被盗走，损失30多万元。接报后，连山警方立即展开侦查，9天后在韶关乐昌坪石将犯罪嫌疑人杨某抓获；5天后又起获了已被卖掉的塔材、钢筋等物品，为电力公司挽回了损失，及时保障了“二广”高速线迁工作的顺利进行。

连山警方充分掌握影响“二广”工程的各种矛盾和问题，及时把问题解决在初始状态，防止激化。此外，交警部门多次会同相关部门深入各施工便道、各占道施工路段开展安全隐患排查治理工作，对能够现场清理或解决的，由相关部门落实尽快解决，确保辖区车辆行车安全，尽量减少涉及“二广”施工车辆事故。

从优待警　打造文化高地

在连山，民警平均年龄超过40岁，其中大部分是警龄超过20多年、仍坚守一线的老民警，也有小部分是年轻民警。近年来，人口集中的县城侵财类案件多发，警队人才屡有流失，让原本警力就不足的连山公安压力甚大。

为了带好队伍，提高战斗力，连山公安局针对警队老中青民警分别制定不同激励措施，注重培育积极向上的警营文化：对满30周年警龄的男民警、满25周年警龄的女民警，颁发荣誉勋章，对基层一线满45周岁以上的民警进行专门慰问；对中层民警加强管理，局领导定期约谈了解心声；对年轻民警则通过开展诸如“每季之星”评选、“一队一特色、一警一爱好”活动等，加强关爱和培育力度。

为了营造公平做事的氛围，连山公安改革评优方法，采取无记名投票方式，将评选年终优秀单位和个人的权力交给每位普通民警。“从优待警”政策措施的落实，让全体公安民警的职业荣誉感和归属感不断提高。

为激发民警打击违法犯罪、服务群众的潜能，提高警队凝聚力和战斗力，连山公安提出以“文化立警”打造警营文化高地，一年多来推出60多项创新措施，通过创新警营文化载体、建设“e警校”、打造幸福和谐警队等，培育连山公安“注重民意、拥抱变化、团队合作、诚信、激情、敬业”的文化氛围。

连山公安工作成效显著，2012年，连山公安工作双满意度在全市排名第一，2013年1月至9月，全县刑事案立案同比下降17%。

【对话】

连山副县长、公安局长叶玉树：

建设“e警校”提升警员素养

南方日报：您提出“文化立警”的用意是什么？

叶玉树：文化是警队的灵魂，体现警队的核心竞争力，是影响一支警队实力的长期性、基础性、战略性要素。经过一段时间的摸索，我们在全体民警中集思广益，局党委做了讨论，最后总结出连山警营文化的六大关键词：“注重民意、拥抱变化、团队合作、诚信、激情、敬业”，形成了较为完备的连山警营文化体系。

南方日报：为什么要建“e警校”？

叶玉树：连山作为偏远山区县，信息闭塞、发展水平不高，要做好公安工作，首先要从思想意识上提升警员的素养，让警员们掌握为群众服务更科学的方法，提升他们自觉为群众服务的意识。从2012年10月份起，我们在全县公安系统中着手建设“e警校”，搭建公安内网、电子宣传屏、手机短信平台等，为全县公安干警提供了学习交流的平台，我自己从互联网、书籍中甄选和提炼出富有哲理、通俗易懂的语句，向电子宣传屏、民警手机、公安内网等“e警校”平台发布，并定时更新，加强民警“廉政”“为民”“敬业”等理念的教育学习，让民警接受警营文化，并自觉按要求开展公安工作。

南方日报：连山县警情不算多，对公安机关而言，更要在“防”方面下功夫。在这方面，连山公安有什么经验?

叶玉树：我提出一个口号——“宣传跟着警情走”，这种思路对处在深山的连山县来说，起到了立竿见影的效果。这几年，从连山走出大山到外地创业、工作的年轻人越来越多，留在山区的大多是老人和文化水平较低的妇女、儿童。犯罪分子正是瞄准这一特点来实施各种诈骗活动。在切实提高广大群众的自我防范意识方面，我们开展了大量的宣传工作，电视、报纸、手机短信、手机铃声、宣传单，包括环保购物袋都印有安全防范的宣传口号。这种“无孔不入”的宣传模式见效很好，可防性案件大幅度下降。以2013年上半年为例，连山全县诈骗案立案3宗，同比下降72.7%，“两抢一盗”立案55宗，同比下降28.6%。虽然连山地区欠发达、警力有限，但为了提高群众的安全感，我们更要用心、用情、用智慧，才能做好公安工作。

【边走边评】

在连山县公安局采访，随时随地都能感受到警营文化的魅力：公安局大院两侧宣传栏的电子屏滚动播出别出心裁的警言警句；大楼走廊和电梯内张贴着印有连山风景和警句的宣传画；就连一个小小的机关饭堂，别致的“文化墙”也能让人驻足沉思许久。连山县公安局局长叶玉树说，连山警营文化中有两大要点，一是提醒“如何做人”，二是提醒“如何做事”。

看得见、摸得着、讲得出、听得入、记得住、传得开——连山公安坚持“文化育人管住魂”的理念，提高警队凝聚力和战斗力，“文化立警”可谓独树一帜。

第四篇　南粤卫士

近年来，广东公安大力加强队伍建设，不断增强警队的凝聚力、战斗力和创造力，圆满完成各项公安保卫工作任务，有力维护了我省政治稳定和社会安定。面对繁重艰巨的工作任务，广东17万公安民警和公安现役官兵顽强拼搏，在不同岗位、以不同方式履行着光荣使命，涌现出一大批先进典型。同时，广大民警付出了巨大牺牲，1980年至2012年共有666名民警因公牺牲，平均每年600多名民警光荣负伤。他们所表现出来的忠诚品质与奉献精神，是广东公安的宝贵财富，也是调动民警热情、激发警队士气的强大动力。

他们当中，有不远万里奔赴海外破案缉凶的刑警，有多次临危受命、成功将治安状况复杂地区“扭乱为治”的派出所所长；有亲民爱民、热心服务群众的民警，有长期潜伏在街面与犯罪分子斗智斗勇的便衣民警……

几度风雨几度春秋，风霜雪雨搏激流，历尽苦难痴心不改，少年壮志不言愁。秉持着一份热爱与坚守，他们甘把青春献警营。

广州南沙民警李贵林创办民间公益团体，累计服务群众约20万人次

社区民警率2000人投身志愿群防

洪奕宜　曾祥龙　李　涛

【人物故事】

李贵林个子不高，皮肤稍黑，其貌不扬。可41岁的他，是一个拥有2000名注册志愿者的民间社会公益团体——阳光快乐志愿者促进会的会长。他带领团队走进山村小学、敬老院、企事业单位，走近残疾人士和孤寡空巢老人，累计志愿服务时数约15万小时，志愿服务群众约20万人次。

作为广州南沙一名社区民警，李贵林将社会资源与公安工作有机结合起来，设立了“志愿群防”项目。从最初的少数几个人，到如今2000多人的成员规模，志愿者服务队用实实在在的行动感动了身边许多人。

组建志愿服务公益团体

从小，李贵林就培养起做好事的美德：教小孩学认字，扶老人过马路，帮街坊扫门庭……直至后来考上警校、参加工作，这种向善助人的性格基因，还一直伴随在他身上。

1996年，李贵林成了一名警察，2009年到广州公安局南沙分局，在珠江街当社区民警。身边的同事只知道李贵林是一个热心肠的人，每次下班后都看到他急匆匆地离去，但谁也没有想过他是带领着2000人的志愿服务队队长。直到亚残运会申请函发到派出所时，全所民警才明白，原来他将业余时间挤出去帮助他人。

李贵林组建的是一个叫“阳光快乐志愿者促进会”的团队，于2008年5月成立。李贵林告诉笔者，当年他在网上建了一个QQ群，结识了其他4位志同道合的人，一起组建了这支志愿服务队。这几年来，他们克服了种种困难，团队规模越做越大，影响力也越来越大。

一次受骗 坚定志愿服务

李贵林回忆，20 年前在广州火车站遭遇的一次受骗经历，让他更加坚定了志愿服务的信念。那一年，他只身一人从韶关坐火车来到广州，刚从火车站走出来，几个人就团团围了上来要给他带路。到了目的地后，拉客男子向李贵林索要 20 块钱，李贵林一听傻了眼：带个路就要 20 块钱，这不是坑人吗？

那一次在广州火车站遭遇的经历，让李贵林记忆犹新，直至后来，在他带领团队开展志愿活动期间，广州火车站也就自然而然被列为一个重要的活动服务场所。

每到周末，李贵林便会组织三四十名志愿者到这里来，为旅客指路、提拿行李、提供帮助，并配合派出所民警开展治安巡逻。他们还及时将有关线索提供给广场派出所，除掉了不少治安祸害。

在志愿队伍正能量的震慑下，违法犯罪分子将志愿队伍视为“眼中钉”。有一次，一帮以拉行李赚钱的青年，起哄抢夺志愿者服务帽，故意为群众带错路；还有一次，一名“黑车”司机以暴力手段向志愿者挑衅。值得一提的是，志愿者及时求助警方，得到了警方的大力帮助，这两起事件也成了志愿群防与公安携手维持社会治安的典型案例。

传授治安防范技巧

作为一名民警，李贵林也一直在思考如何将社会资源与公安工作有机结合。2010 年广州举办亚运会期间，他设立了“志愿群防”项目，带领志愿者们走上街头、社区，宣传亚运知识，提高居民安全防范意识。人流量大时，南沙天后宫成为上万人的旅游、拜祭胜地，遇到小孩走失、群众中暑、群众丢失物品的情况，志愿者都及时给予帮助。

如今，在每年大型安保活动中，都能看到李贵林团队中志愿者的身影。在李贵林看来，志愿者的工作，要起到辐射作用，带动身边人加入到群防队伍中。以交通协管为例，志愿者们在街头站岗协助疏导交通时，还向市民现身说法，现场担任志愿讲解员，宣传交通法规，效果显著。

李贵林也会给团队成员上课，将他长期在治安防范一线的经验、技巧传授给大家。比如，如何识别可疑分子、如何盯梢报警、如何巧妙提醒群众防范身边的小偷等。

得知李贵林的事迹后，南沙区公安分局团委主动联系了李贵林，愿为其开展的群防群治志愿服务提供资源支持。有了组织支持，让李贵林更加坚定了继续走下去的信念。如今，他正在认真学习使用飞信、微信等即时通信工具，推动志愿团队工作更上一层楼。

【对话】

李贵林：一直做下去，直到做不动为止

南方日报：组建这支志愿服务队伍，不是容易的事吧？

李贵林：一路很艰苦，一开始只有5个人，慢慢地不断有人加入进来，队伍开始壮大，到现在有2000多人。

南方日报：你是警察，每天的工作都很忙，从哪里找时间去做这些志愿服务？

李贵林：我都是下了班或是周末去做活动，没有影响我的本职工作。而且，时间就是挤出来的，帮帮别人，举手之劳而已。

南方日报：有人说你傻吗？

李贵林：当然有，有人说我为了出名，怀疑我是不是有什么企图，我想，我做自己的，让别人说去吧。

南方日报：你做志愿服务的事情，单位领导、同事知道吗？

李贵林：一开始不知道，我也没有告诉别人。后来领导知道后，还有所顾虑，找我谈话，提醒我不要用公安的名义去筹集资金，我让领导放心，我都没有去拉赞助，都是别人主动找我的，哪些事情不能做，这一点我心里很清楚。我也知道领导的提醒是善意的，也是为我好，怕我的志愿活动做着做着变了味。

南方日报：办活动要经费，还有一些人力、成本开支，这些你是怎么解决的？

李贵林：我们收会费，每年收10块钱左右，作为开展活动的一些基本支出经费，比如买水、买盒饭等。我想，有钱就多做点，没钱就少做点，实在需要做

的，那就自己先垫点。我总是认为，做志愿服务并不需要花很多钱，比如，到养老院给老人按按肩、捶捶背、聊聊天、唱个歌跳个舞什么的，都是不用花钱的吧。只要你愿意做，问题都能解决。

南方日报：你的队伍注册有2000多人，流动性大吗？

李贵林：很大，其实这2000多人，经常能出来参加活动的，也就那么百来号人。我的宗旨就是“以志愿精神为之”，你愿意来，你就做，绝不强求。对连续三个月不参加活动的骨干，我就劝他们不要做了。

南方日报：有过放弃的时候吗？

李贵林：有，那是在团队运作遇到极大困难的时候。但是一想到这么多年走过来不容易，我还是坚持了下来。现在，我的老婆、儿子也和我一起做志愿活动。我13岁的儿子对他妈妈说：“其实我挺佩服老爸的，原来我还以为他只是做着玩，没想到一直坚持了这么多年。”

南方日报：这么多年志愿工作，你收获了什么？

李贵林：我付出了金钱、时间和精力，做的只是很普通的事情，但收获了一份快乐，能够帮助到需要帮助的人，我感觉非常快乐！

南方日报：你打算做这项志愿工作到什么时候？

李贵林：一直做下去，做到干不动为止。

【他印象】

41岁的李贵林，做警察20年，默默做志愿服务6年。这样的事迹，让听者着实感到惊讶。当今的基层民警，背负着那么重的工作压力，能把本职工作完成好已是不易，他竟还能坚持做志愿工作多年，令人敬佩。而这项我们认为很难的事情，在李贵林看来，却仅仅是举手之劳。采访中，他说了一句大白话：“咱有钱的时候就多做点，没钱的时候就少做点；有时间就多做点，没时间就少做点，真不难。”的确，如果人人都能担当一点，那么，建平安社区的目标就不会很远。

江门刑警白晓晖主侦破获特大跨国绑架案

万里取证破案缉凶　海外华人击掌相庆

洪奕宜　曾祥龙　江涛林

【人物故事】

26岁的奚某怎么也想不到，他勾结同伙在委内瑞拉绑架勒索广东开平恩平籍华人华侨，最终竟栽在了江门警方手里。江门警方不远万里，先后两次跨国前往与他较量，也结束了他在委国走偏门歪道赚快钱的生涯。当主犯奚某落网并被遣返押解回国接受法律制裁的消息传来，当地的华人华侨纷纷奔走相告，击掌相庆，还给江门的亲友打来电话，表达对党和政府、对公安机关的感谢，为祖国的强大感到自豪。

这是我国公安机关首次在南美洲联合当地警方采取行动抓捕疑犯并遣返回国的成功案例。参与此次跨国行动的主力之一，是来自江门市公安局刑警支队一大队副大队长白晓晖。从警十年，他参与了多起重特大案件的侦破，工作严谨，思维缜密，善于利用资源线索找到疑难案件的突破口。近三年来，他共参与侦破各类刑事案件305起，抓获犯罪嫌疑人511人次，其中逮捕439人。

赴委国辗转8000公里抓疑犯

2011年1月19日，公安部接到驻委内瑞拉使馆密电称：2010年下半年以来，委内瑞拉多省陆续发生数十起华人参与绑架当地华人勒索赎金的事件，而打电话威胁恐吓的人大多操恩平口音，索要金额在几万美元至十几万美元不等，严重威胁华人华侨生命财产安全，希望我公安机关采取行动打击此类犯罪活动。

收到密电的白晓晖，马上联想到几个月前接报的一宗案件：一名从委内瑞拉回来的20岁的青年报警称，汇到国内的25万元现金在江门遭抢劫，但其对很多细节却讳莫如深，案件疑点很多。这宗蹊跷的报案会不会跟绑架勒索事件有关？

在国内无直接证据证实，为尽快查明案件、收集证据、打击犯罪，2011年6月30日，公安部组织了一个专案小组于2011年6月前往委内瑞拉调查，白晓晖是成员之一。

到达委内瑞拉后，时差还没有倒过来，专案组一行便一口气与加拉加斯市、玻利瓦尔州等五地华侨代表座谈，走访联系约谈了数十位受害人。见到来自祖国的警察，华侨代表们十分激动，大吐苦水，他们反映，犯罪分子一开始还只是绑架少数有钱的商人，后来就连普通打工仔也不放过。如果被绑架者家属在委内瑞拉，绑架团伙就向当地家属索要赎金，若被绑架者家属在恩平等地，绑架团伙就通过在恩平的同伙向被绑架者的家属索要赎金。这些绑架团伙频繁作案，闹得当地华人华侨人心惶惶。

据统计，在委内瑞拉聚居的华人华侨有数十万之众，仅祖籍江门恩平市的华人华侨就有近 20 万。在调查中，白晓晖他们也了解到，华人华侨勤奋做事，迅速积累了财富，但遇事习惯用钱摆平、息事宁人，也让其更多地成为了当地犯罪分子的作案目标。

"很多情况是在国内执行任务时很难遇到的。"白晓晖告诉记者，当地的犯罪分子不仅拥有手枪和长枪等枪支，还有手雷等大范围杀伤性武器，而根据有关规定，民警在当地不能配备武器，可以想象民警在当地开展侦查时人身安全受到多么大的威胁。好在当地华侨十分支持他们的工作，为他们雇佣了军警全程保护。

侦查工作进行到一半，当地就走漏了风声，犯罪嫌疑人开始与白晓晖他们玩起了捉迷藏。他们频繁变换藏身地点，使用不同的身份躲避民警的追踪。嚣张的犯罪分子还对白晓晖等人发出了死亡威胁，声称要用炸弹将民警"一锅端"。

在多方侦查取证后，白晓晖一行初步掌握了重点人员的身份情况。从委内瑞拉回来后，白晓晖对所掌握的线索和证据进行梳理，基本查明发案经过和赎金交付过程的细节，并确定了奚某、吴某等多名涉案重大嫌疑人员。

2013 年 1 月，白晓晖再次前往委内瑞拉，这次他们将实施抓捕行动计划。他先后辗转委内瑞拉多个省、州、市，行程 8000 多公里，最后联合委内瑞拉军警，于当地时间 2 月 2 日将团伙头目奚某抓获，并于 2 月 14 日将其押解回国。与此同时，江门警方在境内同步采取行动，成功抓捕该团伙另外 2 名主要犯罪嫌疑人、经查实，该团伙勒索所得超过 100 万元人民币。

审讯交锋察言观色善于突破

白晓晖在与犯罪嫌疑人的多次交锋中，也从中总结了一些经验。"没有准备的审讯是盲目的审讯，不会对嫌疑人有穿透力。"他说，审讯人员要做到心中有数、有的放矢，才能在审讯中牢牢占据主动地位。

奚某虽然只有 26 岁，却已经是多起跨国绑架案主要嫌疑人，被抓后的他一直保持沉默。"被带到审讯室后，他略微仰头看了我一眼，然后低着头，装作若无其事的样子。”白晓晖猜测，奚某应该没有想到，警方已经调查了他的经历、性格等多方面情况。“在审讯之前，我分析，绑架案件发生在委内瑞拉，奚某作为团伙头目，可能认为我们并没有掌握到太多材料，所以在审讯中，他极有可能负隅顽抗，全力推卸罪责。如果采取迂回渐进的策略，容易使奚某觉得我们并没有完全掌握到他犯罪的事实和证据，会强化他的侥幸心理，使得全盘审讯陷入僵局。”白晓晖向记者讲述当时制订审讯策略的过程。他说，深思之后，决定对奚某采取先发制人、重点突破为主的审讯策略，攻心夺气，堵死其后路，从一开始就让其处在十分被动的地位。

经过多年的实战经验，白晓晖十分清楚，审讯其实就是斗智攻心的过程，要在审讯中占据主动地位，将对手成功拿下，首先要知己知彼，尤其摸清对手的个性特点，这就需要提前做足功课，并制定恰当的审讯策略和方案，在审讯中善于“察言观色”。

在长达5个多小时的攻心战中，白晓晖对奚某进行家庭、前途和政策、法律教育，使奚某陷于证据、法律和良心的重重包围之中，奚某节节败退，汗如雨下，最终其交代了在委内瑞拉实施的多宗绑架、勒索案件。

【对话】

“我体验过子弹从身边飞过的感觉”

南方日报：跑到万里之外的南美洲去调查取证抓人，遇到的最大困难是什么？

白晓晖：人身安全受威胁，这是最大的困难。当地治安很不好，刚到那里，领事馆就叮嘱我们不要单独一个人行动，因为随时会有遭持枪抢劫绑架的危险。但是人手有限，嫌疑人很狡猾，到处逃窜，我们只能分组单独行动。我也体验过被枪指着、子弹从身边飞过的感觉。有几次深夜返回驻地途中，就听到当地匪徒持枪火拼的枪声。回国后想起来，仍然有些后怕。

南方日报：在他国侦查取证，能得到配合吗？

白晓晖：在委国的一些华人华侨，遇到事情习惯用钱摆平，不愿报警。我们到了那边后，要做的很重要一项取证工作，就是要约谈走访当事人，让他们讲述自己的被害经过，搜集证人证言。但有些被害人一开始心存顾虑，首先是担心自己的人身安全，再有是认为，国内的警察来了也不一定能抓到人，也不一定能解决问题，所以就不太愿意出来讲。为了掌握更多的证据，我们就要尽力克服这些困难，辗转做很多工作。

南方日报：这次跨国办案，感触最深是什么？

白晓晖：我记得刚到委内瑞拉时，当地的华人是用唱红歌的形式来欢迎我们的，有的华人说，总算把你们盼来了。听了他们的讲述和这些话，我在心里暗暗下定决心，一定要做点事情、做出点成绩来，才能对得起这些在异国他乡的华人华侨，不负他们对我们的厚望。

南方日报：遇到毫无头绪的案子，怎么办？

白晓晖：有句话说“没有做不到，只有想不到”，警察破案，我认为更是这样。2012 年侦办开平赤坎一宗故意杀人案，一位孕妇被杀，随身只有一张从广西百色到广东开平的车票，我们循线联系到了死者家属，但究竟谁作案、动机是什么，毫无头绪。在随后召开的案情研判会间隙，我当时就用手机百度搜索从死者家属获知的死者的 QQ 号码，辗转搜索比对，竟然找到了十分重要的信息，最后循线找到了在开平与死者接头交易的人，接报后还不到 24 小时，我们就将作案人抓获归案。这个案例中，虽然手机搜索的方法并不算很高明，但是在关键时候想到了，而且真的派上了大用场，发挥了关键作用，真是“踏破铁鞋无觅处，得来全不费工夫”。

【他印象】

33 岁的白晓晖看上去文质彬彬，见了记者颇有些腼腆。但在工作中，他却一点也不含糊，该出手时就出手，是典型的“慎言敏行”作风。参与跨国办案尤其是赴外地取证、缉凶，这样的任务机会并不多，参警还不到十年的白晓晖作为年轻业务骨干担纲此次跨国侦办抓捕任务的主力，并牢牢把握住了机会，充分体现了中国警察的风采。

肇庆端州便衣警察黄健的“打抢”故事——

街面“暗哨”出击　稳准狠打击犯罪

洪奕宜　曾祥龙　熊小斐

【人物故事】

他身着便服，看上去与常人无异。有时，他是在街头巷尾悠闲看报纸的市民；有时，他是打着电话匆匆而过的行人；有时，他是路边摆摊的小贩……其实，他的眼睛像猫头鹰那般锐利，警惕地观察、跟踪着犯罪分子的一举一动，随时可能冲上去抓捕“猎物”。他是肇庆市公安局端州区分局便衣警察大队二中队中队长黄健，32岁的他从警8年，是街面“抓捕能手”。多年来，他指挥和直接参与抓获“两抢一盗”现行犯罪嫌疑人1200多名，查缴被盗摩托车200多辆，带破刑事案件1500多宗。

黄健和他的队员，是布控在城市中的一道道“暗哨”，你不知道他们隐身何处，但只要有罪恶之手伸出，“暗哨”随时雷霆出击。

创新运用“便衣+视频”作战模式

抢劫、抢夺、盗窃、扒窃等街面犯罪，一直是城区重点打击的对象，是影响市民安全感的重要因素。2008年3月，端州区公安分局在巡警反双抢专业队基础上成立便衣警察大队，对街面各类多发性违法犯罪予以“零距离、稳准狠”的快速打击。

“便衣工作属于刑警工作的范畴，但又有很大的区别，我们穿梭在街头巷尾，暗中对犯罪嫌疑人观察、跟踪、监控，并择机抓捕，可以更加接近不法分子。”黄健告诉笔者，为了摸索出更加隐蔽的跟踪方法，更有效“迷惑”犯罪嫌疑人，他们经常利用休息时间观察各式各样的路人，并模仿他们的神情和动作。

一次又一次的实战经验让黄健的“慧眼”越练越明，大街上哪些人可疑，他只要瞄上一眼，基本上就能判断个大概。

长期的便衣工作也让黄健养成了一个特殊的职业习惯，不论上班、下班，他都习惯对身边的人、车物进行观察，一旦发现情况可疑，不管是什么时候，他都会毫不犹豫地跟踪下去。有时好不容易挤出时间陪妻子逛街，逛着逛着，黄健会突然消失，不是直接盯上了嫌疑人，就是遇到了紧急任务。

便衣警察需要格外有耐心，除了要长时间跟踪侦查外，还要沉得住气，暗中收集证据。如今，在打击街面犯罪中，“便衣＋视频”这一新的作战模式被广泛运用。便衣大队十分重视治安视频的收集和运用，每天会专门安排专人负责收集城区犯罪分子的作案视频，并适时进行研判分析，根据研判信息及时调整工作部署。

果断抓捕　制服抢匪

在肇庆，摩托车是人们出行的主要交通工具，也是不少抢匪实施犯罪的交通工具，因此，驾驶摩托车侦查甚至抓捕嫌疑人，也就成为便衣警察们最基本、最常用的工作技能。对黄健和他的队友来说，骑摩托车巡视跟踪数个小时、飞车抓捕，这些都是家常便饭。

有一次，正在路面伏击的黄健发现两名驾驶黑色女装摩托车的男子形迹可疑，两人开着车到处游荡，专门尾随单身行走的妇女，黄健判断这两名男子有飞车抢夺的嫌疑，他一边密切跟踪，一边快速地在头脑中形成作战方案，随即组织队员展开秘密跟踪。两名疑犯看来是“老手”，他们经常突然间掉头，或是急速开到转弯处进行反侦查，分明是惯匪！黄健和队友们一路紧紧咬住不放。当晚21时许，两名嫌疑人瞅准时机，抢夺了一名步行女子的手袋，随即加大马力开走，在车流人流中左冲右突逃窜。

追！黄健带头开着摩托车跟上展开抓捕。两名抢匪见有人追了上来，坐在后座的男子凶相毕露，从车上拿出一把20多厘米长的防盗锁冲着他挥舞，恐吓他不要多管闲事。黄健一边闪避，一边把稳方向盘紧紧咬住对方。此时，双方车辆的时速都达到了100公里。在转弯处，抢匪还亡命地用车身逼撞黄健驾驶的摩托车。

“其实，当摩托车时速达到100公里，所有的技巧都是没用的，一个轻微的动作都有可能车翻人倒。”黄健说了大实话，但他告诉笔者，在那种情况下，他没有时间考虑那么多，心里只想着，无论如何都不能让犯罪分子从眼前逃走。

追到一处急弯处时，趁对方减速之际，黄健毅然驾车撞停对方，果断抓捕，在队友协助下将两名抢匪抓获，当场缴获事主被抢手袋。当黄健给抢匪上手铐时，其中驾车的抢匪说：“警察同志，你不用给我上手铐，我是彻底服了，我本来当自己是烂命一条了，没想到你比我更加不要命!”

与犯罪分子近身搏斗，受伤难以避免。多年来，数百次与恶徒面对面交锋，让黄健身上受伤流血的伤疤旧了又新，新了又旧，每次受伤未痊愈就又回到战斗岗位上。有时受了伤不能开车，他也会帮忙收集双抢资料，同事们都开玩笑地说，黄健真是一只“铁黄牛”，言语里满是钦佩。

黄健曾赴香港参加 CID（刑事侦缉队）警察培训课程，感触颇多。“内地公安机关由于人手紧张等原因，一人同时进行几项工作是常有的事。香港警方技术手段先进，设施现代化程度高，体制完善，分工精细，执行任务时，会派不同的警员分别来完成跟踪、拍摄取证、抓捕等工作，可以避免警察暴露，对跟踪、取证的便衣警员也是一种保护。”

【对话】

“也许下一分钟就是真刀真枪对决”

南方日报：跟踪取证、伏击守候，这些工作是不是要耗费很多精力?

黄健：打团伙、破系列案往往需要投入较长时间经营，要摸查线索、要跟踪取证、伏击守候，虽然比较枯燥，但要求我们高度集中注意力，才能从中发现蛛丝马迹，不然前面的工作就白干了。2013 年 4 月份以来，肇庆江滨堤一带发生了多起持械抢劫摩托车案，我们大队就加强了对高发时段尤其是凌晨高发区域的巡逻伏击，兄弟们起早摸黑、日晒雨淋，连续蹲点，成功获取了多名犯罪嫌疑人的信息，先后打掉了 3 个抢劫团伙，抓了 10 多名犯罪嫌疑人。

南方日报：遇到过强劲的对手吗?

黄健：当然有了，以前抓过的抢匪中，有人高马大练过武术的、有擅长飙车玩赛车的，都是强劲的对手，所以，我们永远都不知道下一秒的对决会是什么样。而且，对方身上携带了什么武器，我们也只有在对决中才会知道。前一分钟可能还在察言观色，也许下一分钟就是真刀真枪的对决了。我们大队 20 多名民警在抓捕犯罪嫌疑人过程中，都曾先后流血受伤，有的甚至与“死神”擦肩而过。

南方日报：便衣警察工作辛苦，也挺危险，有哪些做法来提高打击的精准度，尽可能减少受伤？

黄健：大队会经常性地组织民警苦练基本功，采取“短、平、快”的形式进行集中训练和自学自练，主要是提高我们的力量、速度、灵敏度和耐力。同时，还有擒敌自卫、盘查堵截、战伤自救等实战技能。我们大队还配备了密拍设备、高倍数取证仪、GPS 定位跟踪设备、无线耳机等先进设备。在治安视频的有力支持下，我们创新了作战模式，打击犯罪更加精确有力。这 5 年来，我们便衣大队就抓获了各类违法犯罪嫌疑人 1700 多名，打掉了 200 多个犯罪团伙。

【他印象】

联系黄健采访，时间迟迟难以确定下来，主要是因为他实在太忙了，不是在打伏击，就是在追“飞抢”。虽然便衣警察实行弹性工作制，为的是针对每天街面治安动态和犯罪特点实行错时工作，但实际上，便衣警察“休班不休战”，用黄健的话说，“这已经是兄弟们的习惯了”。

同样是一份工，但便衣警察这份工，置身危险的街面犯罪前沿，换来的是他人身边的安全！

河源东埔派出所副所长黄艺明：

群众的“贴心阿明” 社会罪恶的“克星”

洪奕宜 曾祥龙 李燕南

【人物故事】

2013年9月10日下午2时半，河源东埔派出所社区民警黄艺明准时出现在派出所，他约了辖区两户发生矛盾纠纷的居民3时整前来调解。

而就在10个小时前，他刚刚当上爸爸，在医院陪护妻子生产一夜没合眼。东埔派出所教导员魏海洋说：“换作别人，老婆生小孩，做丈夫的休假名正言顺，但阿明不是这样，他对工作有责任感、有认真劲儿，是一位做实事的好同志！”

因为在社区工作的突出表现，2012年，从警6年的黄艺明被提拔为派出所副所长，分管社区警务工作。虽然成了领导，但他往社区跑的习惯没变，一个星期至少要下基层三四天。他说：“我的岗位在社区，在这里，才能为群众实实在在做点事。”

主动服务群众
为孤寡老人办证跑前跑后

黄艺明是退伍军人，2006年通过招考进入警察队伍，成为东埔派出所一名社区民警。东埔街位于河源市源城区的中心地带，辖区人口2万多，治安形势较为复杂，对初来乍到的黄艺明来说，他的工作是从“走”开始，走街串巷，熟悉地形，了解情况。

黄艺明性格内向，但做社区警务不主动与群众聊天沟通，很多情况便掌握不了。于是，黄艺明除了“多走”，也努力让自己“多问”。他是河源龙川人，会说客家话的优势很快拉近了他和群众的距离。慢慢地，辖区群众都知道有一个叫“阿明”的民警。

辖区里有3位孤寡老人需要办理二代身份证，由于年老体弱、行动不便，一直拖着没办。了解到这个情况后，黄艺明主动做照相馆的工作，为老人们免费上门采集相片。随后，他又带着老人的相关身份资料，自己跑腿为他们办理二代证并把证件送到他们手中。

让老人们惊喜的是，黄艺明还经常上门嘘寒问暖，问老人生活上有什么需要，并尽量帮他们解决。

熟悉黄艺明的人都知道，他下社区时，经常会捎上一些身份证、居住证，都是群众办好了还没有领回的。到社区走访时，他会抽出时间一个个送证上门。街坊们很感动，有的邀请他留下吃饭，他总是憨厚地笑笑："举手之劳，别客气！"

高莲小学校门前有一段路是黄泥路，每到阴雨天气，路面坑坑洼洼、湿滑泥泞，路人经过都要小心翼翼，时常有学生摔跤，不小心喝了黄泥水，挂了"迷彩服"。一次走访，刚好遇到下雨，黄艺明也亲身体会了一把"黄泥疙瘩路"的滋味。看到路过行人尤其是小学生出行不安全，他开始想办法。

他联系了东埔村委会、土地储备中心、市代建局等单位，多方奔走，争取支持。在他的不懈努力下，高莲小学门前的黄泥路终于铺上了10厘米厚的混凝土，干整、平坦，师生雨天行路难的问题得以解决。

还有一次，黄艺明走访完辖区一户人家后返回派出所，发现小区一块空地上有一摊玻璃碎片。他从小区物业管理处的保安那里得知，这里是很多小孩嬉戏玩耍的聚集地。"玻璃渣在这里，不是很容易扎到孩子吗？太危险了！"他立即蹲下身子，和保安一起把玻璃碎片清理完毕，看到没有玻璃碎片留下，才放心地离开。

不懈打击犯罪

休息日"扫街"抓获盗贼

2013年下半年以来，黄艺明所在的辖区发生了多起弹弓击碎车窗后盗窃财物的案件。源城公安分局局长亲自过问，派出所压力很大。黄艺明将多宗警情串并分析，调取了相关的视频监控录像，发现作案手法极为类似：犯罪嫌疑人手持弹弓近距离击碎车窗玻璃，然后快速将手伸进车里偷出财物，只需短短两三秒钟，嫌疑人得手后就快速逃跑。有时候，嫌疑人得手后还会故作镇定慢慢走了几步，发现周围没有异常，才大胆开溜。

视频监控显示，作案男子身高为1.7米左右、齐耳短发、着牛仔裤、穿拖鞋，一副街头小混混的样子。由于没有拍摄到该男子正面，其面部特征并不清晰，难以掌握其他更多线索。

9月8日是星期天，黄艺明值完夜班回家休息了半天，当天下午又带联防队员上路。"平时上班没时间，我只能利用周末到路面找找线索。"黄艺明说。

商场周边、停车场、繁华路段……他带着联防队员一圈一圈地巡，密切注视着路面的可疑情况。

目标出现了！在沿江东路万豪大酒店路口，黄艺明发现了一名可疑男子，他走走停停，在万豪大酒店门口来来回回转悠了足足有20多分钟，最后，他在一辆雪佛兰轿车前面蹲了下来，刚想动手，旁边有市民骑单车经过，该男子赶紧站了起来，又装作若无其事的样子开始物色另外的目标。

很快，该男子在体育馆附近停了下来。一个篮球场旁边停了几辆小车，有一辆长安羚羊牌汽车，副驾驶上的背包很是显眼。

该男子的手慢慢伸进了自己的裤带，掏出了一把弹弓，举起来朝车窗玻璃一弹……

黄艺明一个箭步冲上前去。此时该男子已经从击碎的车窗里抓到了背包，见到民警向他跑来，他拔腿就跑。黄艺明紧紧咬住不放，在该男子跑出10米左右，将其一把按住，与紧追赶来的几名联防队员一起，将男子带回派出所。该男子交代，这几个月来，他利用这种手法作案17宗。案子告破，广大车主们放心了不少。

“这种案子本来可以让分局刑警队协助破案的，但阿明自己啃下了‘硬骨头’，作为社区民警，很不容易。”魏海洋说。

一些犯罪分子隐匿在出租屋里，从事违法犯罪勾当。2012年6月，派出所接到一名外地女子报警，称被网友诱骗到河源来，一进出租屋就被控制，身上财物被洗劫一空，事后被送到火车站“遣返”回原地。

因为被害事主不熟悉河源地形，只能大致记得从火车站到出租屋沿途个别建筑物的特征，黄艺明细心梳理线索，锁定几栋可疑的出租屋后连续伏击5天5夜，第6天终于在群丰村一出租屋成功抓获6名犯罪嫌疑人。这次成功破案，基本没有借助技侦手段，全凭他平日工作中所掌握积累到的辖区情况线索分析研判，再加上不懈的跟踪追查伏击，才将犯罪团伙一网打尽。

【对话】

粉丝@“艺明警人”是对民警的信任

南方日报：您开通了社区民警微博，微博能协助您开展哪些工作？

黄艺明：我的微博是2013年2月份开通的，微博昵称叫“艺明警人”。我发现开通微博后，获取信息的渠道更多了。平时上班时间内无法处理的事情，可以通过微博向群众通报警情，比如发现迷路小孩、痴呆老人时，可以及时发布信息，让网友参与寻找；可以发布遗失物招领信息，以利于在短时间内找到失主。到现在我已经通过微博找到了6名丢失钱包、证件的失主。另外，还可以及时通报辖区内出现的一些犯罪新动向，发布一些安全防范提示。

南方日报：开了微博，也需要多花时间去打理。

黄艺明：是的。平时要抽出一些时间与网友交流互动，及时掌握社情民意。在与网友的聊天交流中，你一言我一语，能帮市民解决不少问题，打消不少疑虑，也平息了一些抱怨。不少粉丝@“艺明警人”，那是对人民警察的信任，群众利益无小事，他们所反映的每一件事，我都会认真对待，能帮的尽量帮。

南方日报：群众通过微博向你提供线索的多吗?

黄艺明：有不少。初步统计了一下，群众通过我的个人微博提出各类建议30多条，反映各类案件线索30多条，通过这些线索，我们派出所就查获了10多名违法犯罪人员。而且，我会及时发布相关警情，比如抓到了嫌疑人，追回了赃物等，群众就能了解到我们在做什么工作，才会支持我们的工作。虽然刚刚起步，但我感觉微博真是一个好东西，我要努力让微博成为社区警务工作的“微助手”。

【他印象】

“80后”的黄艺明看上去斯斯文文，一副白面书生的样子，有些腼腆，话不多，但他做起事情来可一点儿也不马虎。从事社区民警工作七八年，他踏踏实实地想点子、想办法、做工作。当了派出所领导后依旧勤勤恳恳为基层群众做实事，“不拿群众一针一线”的精神在他身上得到了充分体现。在采访中，河源源城区东埔村治保会主任老李多次感慨：“如果每一位民警都能像阿明这样，还怕什么工作做不好?”

河源龙川县隆东派出所副所长袁戈丹扎根山区守护一方平安

山区警察办案善谋略　散打健将擒敌有高招

洪奕宜　曾祥龙　吴志华

【人物故事】

2013年9月12日凌晨3点多钟，连续与犯罪嫌疑人斗智斗勇8个小时后，袁戈丹才拖着疲惫的身子回到家中。他是河源龙川县隆东派出所副所长，前一个月刚刚被抽调任县公安局成立的打击“双抢”专业队副队长，这段时间以来，袁戈丹能感觉到工作任务重了许多，累是累一些，不过他更在乎的是从中体验到的职业快感。

袁戈丹是龙川本地人，毕业于广州军体院，学习的是散打专业。2002年，他通过招考成了一名人民警察。从警十多年来，他一直站在公安工作最前线。他办案善谋略、讲方法，并将散打的专业优势发挥到了工作中，简单过招，就能让犯罪分子乖乖束手就擒。近两年来，他一共侦破案件200多宗，抓获违法犯罪嫌疑人近400人，这样的成绩对于一名山区警察而言，已经很了不起。

扎根本土、效命家园。袁戈丹告诉记者，自己办的也许不是轰轰烈烈的大要案，但都是关系当地群众切身利益的民生实事，每办完一宗案件，心中甚为快慰。

千里追逃　勇擒持刀抢匪

袁戈丹是破案能手，对每一宗案件，他都用心去找线索、想法子。

2012年9月16日凌晨，在隆东派出所辖区内，3名蒙面男子在一银行柜员机抢劫了一位事主。当时事主在ATM机上取款，冷不丁被几名男子持刀要挟住，后被抢走了7000元。钱财得手后，3名男子径直上了事主停在路边的小车，扬长而去。

如此恶劣的抢劫案，在龙川这座小县城里，为近十多年来所罕见。群众们对此议论纷纷。县公安局领导十分重视，立即成立了专业组对案件着手进行调查，袁戈丹是专案组成员。经过缜密的侦查，专案组成功锁定了三名作案嫌疑人。同年10月2日，其中一名疑犯在惠州落网，但还有两名疑犯仍然在逃。袁戈丹广辟线索来源，锁定两名嫌疑人已逃到了山东莱州市。

马上实施异地抓捕！领导考虑让袁戈丹前往。当时袁戈丹身体有些不适——“三打两建”期间，由于长时间奋斗在追逃一线，超负荷的工作和不正常饮食，使他因胃出血病倒在床。

“异地抓捕，我比较有经验，派我去吧！”袁戈丹主动请缨后，匆匆忙忙办理了出院手续，接下了追逃任务。带着止血药，他和同事直奔山东莱州。当时，专案组得到线索，这两名疑犯纠结了一帮社会人员，准备到开发区一个楼盘聚众持械斗殴。袁戈丹一行火速赶到了现场。

由于时间仓促、警力不足，袁戈丹当机立断，将其他人员驱散，准备集中抓捕涉案人员。犯罪嫌疑人李某见此情景，快速从包里掏出一把长砍刀，一边挥舞着一边冲向袁戈丹，袁戈丹灵敏闪身，随即箭步向前，紧紧掐住李某的手腕按倒并反铐在地上，紧接着，他一个飞身正蹬，将另一名嫌疑人踹倒在地。两名在逃嫌疑人最终被擒获归案。

主动请缨　30分钟“瓮中捉鳖”

每次实施抓捕行动，袁戈丹会从时机、地形、犯罪团伙成员的作案规律、人员组成特点等方面，详细地做一番分析，这个过程在他看来，就是一番“风险评估”，必须完成。

有一次，袁戈丹参与侦办一宗团伙抢劫案，前期的侦查工作已经完毕，就等待合适的时机将这伙犯罪分子一网打尽。当时，该团伙成员的主要落脚点在一间出租屋里。袁戈丹在附近选择了一处有利地形，整整跟踪监视了一个星期左右，将团伙的作息规律等各类情报掌握得比较齐全。万事俱备，只欠东风。

“东风”终于等来了。袁戈丹发现，这段时间，十名团伙成员全部集中在了这间出租屋里。他马上向局领导汇报。为了慎重起见，局领导决定等市局警力前来支援。

袁戈丹提出了不同意见：“领导，我觉得咱们的人可以现在就开工，没问题！”他提出，从市区到龙川县城大概要一个小时的车程，等到支援的警力到位，犯罪团伙有可能已经散伙了，错失了一网打尽的良机。他又分析了自身的优势：作为本地人，在这里当警察摸爬滚打多年，对每一条街巷都了如指掌，有能力将团伙拿下。

袁戈丹客观全面的分析和诚恳的态度说服了局领导，领导决定由袁戈丹率队实施抓捕。袁戈丹提前在周边做了部署，等到团伙成员陆续回到出租屋呼呼大睡时，“瓮中捉鳖”开始了！

袁戈丹带领十多名民警破门而入，几乎是以一对一的方式，不费一枪一弹，就将十名嫌疑人牢牢控制住，前后用时也就 30 分钟左右的时间。

逃犯偷梁换柱　细心搜出真身

学体育出身的袁戈丹希望，除了平日里强身健体打下良好的体质基础外，更重要的是培养敏锐细致的观察力。有一次，袁戈丹到深圳抓捕一名逃犯，在当地警方的协助下，他们找到了布吉的一间出租屋，情报分析显示，逃犯就在屋里。

敲门，屋里有人应答，却许久没有开门。门开之后，一男一女在屋里，警方掏出疑犯的身份证进行比对，发现男子与逃犯男子容颜的相似度很高，而且从他身上也搜到了逃犯的身份证。“应该就是他了！”顺利抓到了人，很多民警松了口气，就押着男子走下了楼。

袁戈丹没有马上离开，职业习惯让他继续留在了屋子里。直觉告诉他，有些不对劲，却又说不上来是哪里不对劲。他开始又一遍搜索，试图寻找这股“不对劲”的直觉从何而来。

床？床！掀开它！袁戈丹似乎感觉到了什么，他与同事一起用力将床板掀了起来，一看，里面竟然藏着一名男子！仔细辨认，此人正是涉案逃犯！该逃犯懊丧不已。他怎么也想不到，自己设计的偷梁换柱的桥段，本以为可以瞒天过海，不料还是被识破了。

袁戈丹押着男子下楼时，同事们一开始还感到纳闷：怎么还有人？等到看清庐山真面目，大家这才恍然大悟，禁不住对袁 sir 竖起了大拇指。

【对话】

“做警察，要有血性和韧性”

南方日报：做警察，经常要跟犯罪分子打交道。你经常办案，有什么体会吗？

袁戈丹：和犯罪分子过招，那就要斗智斗勇。做警察，既要有血性，又要有韧性。要细心、耐心，也要对自己有信心。

南方日报：您讲述侦办那宗团伙抢劫案，为什么敢主动提出实施抓捕？万一不成功怎么办？

袁戈丹：侦查办案需要时间，是一个花时间经营的过程，但收网抓捕，一个很重关键的要素就是抓捕时机。把握好了，能一网打尽，连根铲除；把握不好，只能抓到一些“虾兵蟹将”，而漏掉了“大鱼”。所以，要善于捕捉这些稍纵即逝的机会，抢占主动先机。那次抓捕，我之所以能主动提出自己来，是因为我跟踪侦办那宗案件已经有一定时间，基本情况都了然于胸，而且做了全面分析，对收网有把握、有信心。如果等支援队伍来，可能就错失了机会。因为很有把握，我当时几乎就没有考虑过不成功的可能。还有一点，当时领导权衡再三，也支持了我的想法，这是对我的信任。

南方日报：制伏犯罪分子，有什么要领吗？

袁戈丹：双方博弈，不光斗勇，还要斗智。我认为很重要的一点，就是要用你的最强项去突击对方的最弱项，比如，在收网时机的选择上，就是要选择犯罪分子麻痹大意、反抗力弱的时候；再比如，在与对手的近身搏斗中，要尽量在最短的时间内将对方制伏。如果是赤身肉搏，我会要求自己在半分钟到一分钟内控制住对方。

南方日报：办案过程中，如何确保人身安全？

袁戈丹：你说的这个安全，既包括警察自身的安全，也包括犯罪嫌疑人的安全。在团伙案中，犯罪分子有同伙，所以我们千万不能麻痹大意，放松警惕就有可能发生危险。这就要求我们要细心、细心、再细心。比如，对涉枪涉爆物品的搜查时要仔细；抓到嫌疑人后要控制到位；搜查涉毒人员的衣袋裤袋要谨慎，谨防扎到针筒针头，等等，都是对自身和同伴安全的负责。

【他印象】

袁戈丹个头不算太高，但挺壮实，一采访，竟然是散打专业的体育生出身。当过教练，也做过体育老师，但最让他自豪的，还是警察这个职业，所以一直干到了现在。他不太主动说话，但是聊起他办过的案件，只要不是时间太过久远，他几乎每一宗都能很清晰地记得细节。从警十多年来，他虽然办过那么多案件，却几乎还没有受过伤，实为难得。他说，如今还会坚持每天半个小时的打沙袋训练，为的是不荒废自己的专长，也为办案抓捕打下良好的体能基础。

躬耕山区管教人生 公平处事令人敬佩

洪奕宜 刘志荣 黄起文

【人物故事】

1989年警校毕业后，梁润富回到了自己的家乡连山，在这里一干就是整整25个年头。如今，他是连山壮族瑶族自治县看守所所长——在他自己看来是25年所经历过的7个岗位中压力最大的一个。“晚上手机一响，一看是所里的电话，我会一边赶紧穿衣服，一边接电话，已经习惯了。”这是梁润富向笔者描述的一幕场景。

“不管他们是因为什么进来，我对他们都是一视同仁。”——这是梁润富开展管教工作的原则。在工作中，他鲜明的原则立场，公正的办事风格，让他在所里在押人员中赢得了不错的口碑，很多在押人员愿意听他的劝告，也有不少人出去后对他心怀感恩，甚至在遇到难以抉择的难题时，也会想起打电话咨询梁润富。可以说，他把管教工作延伸到了看守所外。

至今连续9年没有发生任何安全事故——这样的成绩对于一个小小的山区看守所来说，并非一蹴而就，是积跬步、积小流得来的。作为看守所“一把手”，梁润富深知肩上责任之大，他的脑海中紧紧绷着一根弦：“只要我在这个岗位一天，就要确保监所安全无事故。”

明晰释理让人心服口服

连山看守所地处连山县城范围内，县城人口不足3万人，是一个典型的“熟人社会”。一些刚进看守所的在押人员通常态度蛮横、不服管教。有些民警害怕得罪人，一时不敢碰硬。遇到这种情况，梁润富说的一句话便是“把他交给我”。

一天下午，梁润富接到民警电话，称一在押人员收到法院判决书后，要求马上打电话回家。值班民警示意其稍等，他便大发脾气，用脚猛踢监室门。梁润富赶到现场劝说，但对方不依不饶，情绪依然很激动。梁润富当即指示其他民警做好准备，自己一个箭步冲上去将其制服，随后，他狠狠批评了这位在押人员，等对方冷静下来后，又费尽口舌对其反复教育。

2008年4月，小卢因寻衅滋事、故意伤害第四次被关进看守所，小小年纪的他竟口出狂言威胁民警。4次进看守所，这个小卢究竟怎么回事？梁润富调取了小卢的资料了解情况。原来，小卢从小就是孤儿，缺少关爱，结交了“江湖朋友”，屡次进看守所，都是被这些“朋友”所利用，“朋友”请他喝个酒或给点钱，小卢就“讲义气”地帮“朋友”殴打别人。梁润富决定找小卢好好聊一聊。

见到小卢后，梁润富拍拍他的肩膀：“你的‘义气’被人利用了，你的那些‘朋友’，自己做生意，叫你去打别人，而你却要来蹲看守所，他就是没有当你是朋友，是在利用你。”见小卢半信半疑、若有所思，梁润富又反问道；“如果他当你是朋友，为什么不让你跟他一起做正经生意？”一番谈心，让小卢如醍醐灌顶：“这么简单的道理我都没想通……”此后在看守所里的那段时间，小卢深刻悔改，积极改造，刑满释放后，他承包起鱼塘，做起了正经生意。

连山有独特的地理位置和人口分布特点，有壮族、瑶族和汉族。在押人员也有不同的民族，在管理上稍有失误，就会产生严重的后果。针对经常打架、不服管教、高声喧哗等违反监管规定而屡教不改的在押人员，梁润富采取严厉的管教措施，防止和杜绝了牢头狱霸的出现。

死刑犯是最棘手的在押犯人。在梁润富眼里，不管这些在押人员是什么原因进来的，他对大家都一视同仁。2007年，梁润富接触过一个死刑犯，关押期长达两年多。为了稳定其情绪，他多次找犯人谈心，并及时解决其合理要求，还用布将脚镣包缝起来避免磨伤其脚，使犯人以稳定的心态回报民警的文明执法，顺利完成执行死刑前的看押工作。

亲自押送　实现“零事故”

在押人员判刑后送去监狱需由看守所押送，从连山看守所押送到指定监狱需4个多小时，路途遥远、中途不能出现任何闪失。按照规定，押送任务需有一名副所长带队即可，但在连山看守所，每一趟押送任务，梁润富都亲自去。在连山看守所，几乎每月至少有一次押送任务。为保证中午前能赶到监狱，梁润富和其他民警每次早上6点钟就动身。“押送过程中就怕塞车、发生交通事故，有时押送的是死刑、无期徒刑的重刑犯，他们中途下车小便都要看住，丝毫松懈不得。”梁润富说道。正是因为每次押送前都准备充分，连山看守所至今实现了押送“零事故”。

只要有空，梁润富就会到看守所、仓室转转，对一些影响监管安全稳定的苗头性问题，他十分留心。“夫妻俩在家都会吵架，更何况几个人关在一个封闭的仓室里，话不投机发生口角也是很正常的，我们管教干警就是要善于及时发现这样的苗头，快速化解矛盾，避免演变为拳脚相向的斗殴事件，导致事态扩大。”梁润富告诉笔者，“作为看守所的管教，职责之一就是要管教在押人员，不去管，那就是失职。”对于“得罪人”的问题，梁润富是这么看的：“人立得正，为人处事公平公道，人家才会服你。”

将管教工作延伸到所外

有一次，梁润富在上草镇一家饭馆吃饭，席间从隔壁饭桌走过来一位男子，他端着酒杯，硬是要敬梁润富一杯酒。“梁所，你可能不记得我，我可是记住了你啊！”他说，他曾在连山看守所关押过，还因私藏打火机被严管过。梁润富很快就想起来了：“是你啊！”他记得，那次发现对方在会见时偷偷收下家属递过来的打火机并藏在裤腰带后，他便要求对方主动交出违禁物品，对方否认了，后来被当场搜出来后，看守所对其宣布了严管措施。证据面前，他也只有服服帖帖认罚。梁润富的“先礼后兵”，让很多在押人员印象深刻，心服口服。“我就是要告诉他们，无规矩不成方圆，这里有这里的规矩，谁都要遵守。”梁润富原则鲜明地说道。

有一次，一位在押人员恶意自残，企图蒙骗民警造成受伤需要外出就医的表象，细心的梁润富一眼就看出其中可疑之处，揭穿了他的意图，当得知其此举是为了到医院探望女友时，他又及时通知其家人给予必要的协助。

该帮助的帮助、该惩罚的惩罚，梁润富公平公正的作风让看守所内的在押人员心服口服，很多在押人员愿意听他的劝告，也有不少人出去后对他心怀感恩，甚至在遇到难以抉择的难题时，也会想起打电话向他咨询。

有一次，梁润富接到一个电话，对方姓虞，60 多岁，称曾在连山看守所待过。他告诉梁润富，自己当年与朋友合作木材运输，伪造了木材通行证后被查，但合伙人却将所有的责任推到他身上，还以证人身份出庭作证，导致他因伪造证件罪被判刑，“现在我出来了，我想找他算账，拿点钱回来，行不行?”他问道。梁润富听了，告诉他，你这样的做法是“打击报复证人”，如果真找对方算账，把人打伤了，可能还要被关进来，“难道你还想再回来（看守所）吗?”一听这话，对方连连摇头：“那可不是闹着玩的，算了吧。”梁润富一番明晰的释理，让虞阿伯知晓了利弊，最终放弃了秋后算账的念头。

每当接完这样的电话，梁润富总是十分感慨：“看来我这份管教工作还能延伸到看守所外，真不容易。”感到欣慰的同时，他也更加觉得肩上的担子沉甸甸的。

【对话】

周末常常回所，发现问题快速处置

南方日报：您过去在派出所工作，现在在看守所，有什么不同吗?

梁润富：虽然都是基层工作，但压力完全不一样。派出所工作繁琐，做得不好，或者破不了案，最多说你是工作能力问题。在看守所不一样，随时可能出现突发情况，要么不出事，一出事就是大事。所以心里压力很大，总是悬着一块石头，放不下来。

南方日报：这么多年跟犯罪嫌疑人、被告人、犯人打交道，您做管教有什么经验?

梁润富：作为管教，要细心观察他们的情绪变化，尊重、关心他们，让他们信服。那些多次进看守所的人比较难管，不服管理的、闹事的要给予重罚，罚完之后给他讲道理。如果有人受欺负，单独找受害人了解情况，避免受害人再受打击报复，掌握情况后严惩违法人员，杜绝“牢头狱霸”。

南方日报：您在看守所干了这么多年，工作也上了轨道，应该可以不那么操心了。但听说您周末还经常要到所里来转转？

梁润富：在这个岗位上干，不出事就是最大的成绩。我已经习惯了，反正回到家休息也总要提着一颗心，不如多到这里来走走，发现了什么问题就能快速处置，心里也会舒服一点。而且对周末值班的民警来说，所长在这里，也帮他们缓解了一些心理压力。

【他印象】

细数 25 年的工作经历，除了此前 4 年在广州读警校，梁润富的成长、生活、工作，都没有离开连山，经历了 7 个岗位，每一个岗位都在公安基层单位。而看守所所长一职对他而言，是压力最大的一个。

这些年来，“躲猫猫”“喝水死”“做梦死”等事件暴露了监所的管理问题，由此，监所一次次被推向舆论风口浪尖。采访中，听者能明显感受到梁润富作为一名看守所所长所承受的巨大心理压力，而令人敬佩的是，他的言语中同样流露出一份难能可贵的职业坚守：在这个岗位一天，就一定会做好本职的事，打好这份工。

羊城暗哨打“飞抢” 刀尖对决保平安

洪奕宜 陈捷生 曾祥龙 刘志荣 陆 涛

【人物故事】

他们被誉为“刀尖上起舞的勇士”，对手是速度快、机动性强、隐蔽性强、凶狠残忍的飞车劫匪。每一次跟踪、追捕、截停、搏斗，都是一番斗智斗勇、惊心动魄的过程。

37 岁的邬松君是广州市公安局荔湾区分局便衣侦查大队三中队副中队长。从警 15 年，大部分的时间都是在与街面“飞车”打交道。这 15 年来，他先后参与破获各类案件 1600 多宗，抓获嫌疑人 1500 多人。

他们是“羊城暗哨”，更是锋利的尖刀，紧盯路面的罪恶之手。没有光鲜的外表和亮丽的光环，更多的时候是吃不好饭、睡不好觉、绷紧神经、风里来雨里去的艰辛。但在邬松君看来，既然选择了这一行，就要干好这一行；既然当了警察，就不要白穿了这一身警服。

首次打击“飞车”很惊险

1999 年从警校毕业后，邬松君一直工作在一线，直面各种不同的危险。第一次参加打“飞车”的情景，他至今记忆犹新。那是 2001 年 6 月的一天，他跟队友骑摩托车在芳村花鸟鱼虫市场附近执勤，突然发现一名“飞车党”扮成搭客仔在伺机寻找机会作案，于是便悄悄对其进行跟踪。

过了一段时间，嫌疑人发觉情况不对，便驾驶摩托车加速逃窜。邬松君和队友也踩油门紧追上去。在多次喊话警告无效后，队友一拧油门，瞄准嫌疑人的摩托车撞了过去！只听见“呯”的一声，两辆车重重地撞在了一起，他们都被狠狠地抛了出去。

“我当时被摔得眼冒金星，手臂擦伤了，鲜血直流。”邬松君回忆，看到不远处的嫌疑人还在地上挣扎，他很快爬了起来，冲过去用手铐将他牢牢铐住，“可不能让他跑了！”而此时，他才发现驾车的队员躺在地上一动不动，由于冲力太大，队员当场被撞晕了。那一幕让初出茅庐的邬松君真真切切感受到了“飞车”的危险。至今，他仍清楚地记得那辆飞车的车牌号码。也是从这一次开始，让他更加坚定了反劫制暴、打击犯罪的勇气和决心。

乔装盯守飞车劫匪险遭追杀

2010 年初，以“黑仔”为首的犯罪团伙在荔湾区桥中、东滘等地频频作案，飞车抢劫、持刀伤人、敲诈勒索，气焰嚣张。为了打掉这伙不法分子，邬松君和队友们乔装改扮成农民工，在该犯罪团伙聚居地所在的广佛交界带一处城中村租住下来，蜗居在一间狭小的民房里开展侦查。他经常顶风冒雨骑着摩托车开展外线侦查，或光着膀子、穿着短裤和拖鞋在城中村的小巷里游逛，逐渐摸清了团伙成员情况和活动规律，为案件的成功侦破打下了坚实基础。

尽管邬松君小心谨慎，但犯罪分子反侦查意识很强，似乎已有所觉察。他们不时走近邬松君租住的房间查看。面对威胁，邬松君始终表现得淡定从容，不露一点慌乱的神色。

一天晚上 22 时许，邬松君听到外面有急促的脚步声，他透过窗户，看到“黑仔”带着十几个人，每人手里都拿着一把大砍刀，正朝他的住处冲来。意识到危险的邬松君迅速从后门跑出，闪入附近的一家砂锅粥店里，然后掏出手机发短信向同事求救：“快点来接我！”回忆起当时的场景，邬松君仍心有余悸。“说实话，我当时真有些害怕，手里直冒冷汗啊！”幸运的是，邬松君很快便被驾车前来接应的队友接走。后来才知道，“黑仔”团伙将邬松君当成了“仇家”，那天由于找不到他，“黑仔”气急败坏，朝天开了一枪。而在邬松君的手机里，至今还保留着他给队友发出的那条短信。

经过 1 个多月惊险的“卧底”侦查，邬松君准确掌握了该犯罪团伙的 4 个居住点、2 个聚集点，并在上级的统一指挥下，一举打掉了这个特大飞车抢劫团伙，抓获包括团伙头目“黑仔”在内的 11 名犯罪嫌疑人，缴获炸药 3 捆、霰弹枪 2 支以及砍刀数十把，侦破抢劫伤人、飞车抢夺、强迫交易等各类刑事案件 20 多宗。该团伙被打掉，当地群众无不拍手称快。

身上至今残留 13 处伤疤

多次与犯罪分子正面交锋、搏斗，让邬松君至今在身上还留有 13 处伤疤。

打击“飞车”犯罪的难度越来越大，多数“飞车党”会改装摩托车加大马力，而且经常跨区域作案，不少嫌疑人还学会了各种隐藏自己的“门道”，这些都给打击“飞抢”增加了很大的难度。

传统打“飞抢”办法的成效不明显，邬松君和队友们就积极摸索新方法。他牵头成立研判小组，分析串并所有“飞车”“两抢”案件，研判嫌疑人活动路线和作案规律，勾画出清晰的嫌疑人活动“轨迹图”。还依托视频监控网，调出案发地附近监控录像彻夜翻看，嫌疑人只要骑车晃过，基本都能被他及时发觉。

“过去传统的方法是依靠人跟踪、打伏击，现在光靠这样的手段显然行不通了。”邬松君告诉笔者，如今他们采取的是几个“相结合”的办法——伏击守候与分析研判相结合，民警跟踪与视频监控相结合，网上分析与网下抓捕相结合，证人证言与电子证据相结合，硬攻与智取相结合。在此基础上，他根据多年积累的经验，总结出一套“五三”打“飞车”工作法，“五三”即为“三要素”侦控模式、“三项”基本功夫、“三步骤”侦控战术、“三策略”抓捕要求和“三要求”工作作风。该工作法在实战中成效明显，辖区“飞车”警情和立案数逐年下降，2012 年“飞车”警情同比下降了 31.9%。

【对话】

“办案抓捕要多动脑筋”

南方日报：您从事的这份职业，危险性很高。刚入行的时候碰到过什么危险情况？

邬松君：刚入这一行没多久，我就差点没命了。我记得是 1999 年 8 月 8 日晚上，我和 4 名队友在珠江隧道查车。深夜 11 时多，我将一辆出租车拦下来检查，车上有一位男子在后排，他没有下车，还笑着对我喊：“兄弟，自己人，不用查了!”他随后拿出一张政府部门字样的证件。我看了证件后觉得有问题，就将车引导到查车区域，一边用眼神暗示队友有情况。那位男子被我们喊下车接受检查，他手里还提着两个塑料袋。我们对他搜身检查，我的队友摸到他的腰带时，突然喊了一声“有枪”!我当场就扑上去，抱住该男子的双手，又掏出手铐将他铐住。后来一搜查，还查出了两支已经上膛的手枪、一支冲锋枪，还有 130 多发子弹、毒品 50 克。他就是当时公安部督办的“番禺祈福新村七命案”的主犯苏桂标。如果当时反应再慢一点，或许我的从警之路就只有短短的 10 多天了！

南方日报：2012 年荔湾区南岸路欧婆婆“诚信报亭”钱箱被盗案发生后，媒体都很关注。听说也是您破的案？

邬松君：欧婆婆的“诚信报亭”一直摆放了十三四年，虽然只是被盗了 20 多元，但关乎的是社会诚信，作为警察，我有责任去保护这份诚信。抓到小偷后，欧婆婆很高兴，对我们连声感谢，我心里也感到十分自豪。

南方日报：现在飞车抢夺越来越专业化，驾车很专业、抢夺很专业，甚至连怎样逃跑也很专业，给侦查抓捕带来了不少新的难题。你们是如何应对挑战的？

邬松君：我们会结合实战不断摸索新方法，对案件进行串并分析，研判嫌疑人的活动路线和作案规律。现在，科技手段越来越发达，街头巷尾安装的视频监控也是我们的好帮手，大大延伸了我们的侦查视野。当然，还是要多走访群众，向他们了解更多的情况、收集更多证人证据。总之，就是要多动脑筋，不能墨守成规。

【他印象】

1987 年电视剧《便衣警察》一度风靡全国，时隔 25 年，又一部以此为题材的电视剧《便衣支队》登上央视荧屏，该作品其实是以广州市公安局便衣民警先进事迹创作改编而来。采访邬松君，让人对电视剧里便衣警察的形象有了更为直观、贴近的了解。他们走在你身边，或许你不知道他是谁，但他们鹰隼般的眼睛和猎豹般的冲锋，震慑着那跃跃欲试的罪恶双手，守护着身边一点一滴的平安。

贵屿派出所所长郑林明13个月强力扭转“三最之地”治安

治安复杂农村首建安全文明小区

洪奕宜　陈捷生　曾祥龙　刘志荣　陆　涛

【平安样本】

虽然经历大小各种“考验”，但一年多前在贵屿派出所所长走马上任时，郑林明还是倍感压力。

在汕头潮阳区，贵屿镇被视为“三最之地”——不稳定因素最多、治安情况最差、群众满意度最低，而且直面涉黑、涉毒、抢劫等各类刑事案件。在短短13个月里，从“赶贼”“抓贼”到“防贼”，郑林明强力推出组合拳，率先在治安复杂的农村地区建起了安全文明小区，逮捕犯罪嫌疑人115名，破刑事案件、逮捕、追逃和强制戒毒数，均在汕头市99个基层派出所中排第一位。

刚到任打掉持枪抢劫团伙

贵屿镇位于潮阳区“西大门”，毗邻普宁市、潮南区，设有27个村居，常住人口16万人，流动人口约4万人。近年来，该镇治安压力全区最大，全区约八成的涉枪案件、五成的命案、三成的路面抢劫案件发生在这个地方。

从历史上看，贵屿同样是一个充满“险恶”的地方，当地民风彪悍，曾发生过多起重大的群体性事件，多次造成民警和其他人员受伤。由于局面过于复杂，在短短不到10年间，贵屿派出所先后更换过几任主要领导。

就在郑林明刚到任时，贵屿镇多地连续发生多宗驾白鲨摩托车男子夜间持枪抢劫群众财物的案件，当地群众担惊受怕。郑林明向全体民警下达命令，召集骨干，冒着酷暑，走访每一个案发地，询问目击证人，连续几个晚上通宵达旦与民警一起研究视频，通过活动轨迹分析，最终确定嫌疑人外貌特征。为了尽快抓获持枪歹徒，他多次带队在陈店通往贵屿的重要通道湄洲治安岗设卡，最终将两名犯罪嫌疑人绳之以法。

严打，只是郑林明强力扭转治安的第一步。在他的设计中，贼要抓，还要赶。从根本上维护地方的安宁，就要形成一个外围防护圈，让犯案的贼人逃不出圈去，让想来作案的贼人不敢来。郑林明决定首先从加大投入、完善基础、构建治安防控网络上下功夫。他从贵屿镇地理特点和治安实际出发，外围划分“防控区”，卡“线”控“面”。在他的推动下，贵屿上练片区11个主要出入口全部建起了电动拉闸门和治安岗亭。

动员群众投资建安全小区

为了寻找破解困境的“锁匙”，郑林明把调研作为任职的第一课，主动向镇委镇政府干部、各村居负责人、派出所辖区民警、农村乡贤、案件受害者等了解情况。在调研中，郑林明发现，贵屿镇社会经济条件远比周边镇好，但治安基础建设却是最差的，全镇不仅没有监控视频系统，没有治安联防队，而且各居委会对治安工作不热心，各自为政，效率极低。

这是一个起点高、规模大的防控体系，需要大量的资金投入，靠镇政府投资不切合实际。郑林明把目光投向先富裕起来的贵屿群众。为了让群众自愿参与治安工作，郑林明发挥了他长期在基层工作的优势，迅速开展了“做”和“说”两件事。“做”，就是加大对派出所队伍的教育管理，进一步加强培训力度，改进民警工作作风，提升民警办事效率，提升群众对派出所的信任度；“说”，就是全面推介自己的防控理念，告诉村民建设农村安全文明小区的种种好处，资金筹集、管理、使用等各个环节全部由小区居民自行负责，镇、派出所、居委会绝不经手小区一分钱，小区全部自建自管。

经过一个多月的努力，2012年9月底，全镇第一个安全文明小区——华美村华星片区安全文明小区正式投入建设。外围防控有线有面，内部防控具体到点，"大防控"体系一经形成，治安情况有了明显好转。截至目前，贵屿全镇已经募捐建设小区资金超过2500万元，建成投入使用的安全文明小区达15个，全部小区都实现了盗抢零发案。

短短13个月的时间里，郑林明就强力扭转了贵屿镇严峻的治安状况，实现了多个历史性突破：2013年1月至9月查破刑事案件121宗，同比上升31.5%；逮捕犯罪嫌疑人115名，同比上升43.8%；抓获各类逃犯49名，同比上升250%；破获涉毒刑事案件22宗，同比上升83.3%；110接报刑事警情124起，同比下降36.25%。这些在全市99个基层派出所中排名第一。

带头抗洪36小时没合眼

2013年8月16日，50年一遇的瓢泼大雨袭击了潮阳区，暴雨规模之大、持续时间之长，历史罕见，当地受灾地区水深高达2米，多处房屋被大水淹没，数万群众被困洪水，急待救援。作为潮阳一方重镇，贵屿镇同样面临洪水的威胁，危机四伏。

郑林明从16日晚上起根据天气预报的情况，召集全所民警在派出所集中待命，随时按照需要协助困难群众转移。17日晚，雨势不断增大，多处出现洪水灾害后，群众频频通过110报警求助。

郑林明再也坐不住了。冒着滂沱大雨，他带着民警逐个村居检查灾情。当他们来到地势低洼的下陇村时，已经是晚上12点多，突然有群众反映，该村一处老房子住着两位70多岁的老人，情况非常危险。郑林明二话不说，拉着民警直奔这处老房子，由于当地明渠暗沟多，路况复杂，郑林明和另外两名民警三人手拉着手，一步深一步浅摸索前进，终于抵进被洪水围困的老房子。

房间里除了两个70多岁的老人之外，还有一个1岁多的小孩。老人告诉郑林明等人，儿子媳妇都外出打工了，只留下两老一小。

为了保证体力，郑林明安排民警轮流休息，自己却一刻也不敢合眼，坚守在派出所值班室，时刻盯着110报警系统，并多次在暴雨中实施救援。在抗击台风的36小时里，他和所民警一起，用手抱、用肩背、用木板等简易工具装载，先后抢救、转移430多名受洪水围困群众。

【对话】

“没有创新，贵屿的治安难以扭转”

南方日报：乡镇与城市毕竟格局不同，您为什么会将建设安全文明小区的想法用到乡镇来?

郑林明：如果没有创新，贵屿镇的治安状况永远难以扭转改观。有压力才有动力，有困境才有冲劲，我那时下定决心，用创新精神，誓破贵屿治安工作困境。安全文明小区在城市里建得多，效果都不错，就像筑起了一道道铜墙铁壁，犯罪分子进来了无处逃。小区看住了，有限的警力就能摆到路面，实行 24 小时巡逻。我觉得这种做法在乡镇应该也能行得通，事实上，也确实发挥了作用。有一次，镇里出现打架斗殴事件，民警赶往现场后，行凶者由于没有退路，最终弃车而逃。

南方日报：虽然贵屿镇很多村民不缺钱，但由于他们对治安工作不满意、不信任、不支持，很多群众宁愿在其他方面大把撒钱，对治安工作却一毛不拔。您怎么看这个问题?

郑林明：我是抱着一种平常心来看待这个问题的。冰冻三尺非一日之寒，贵屿的治安问题并不是一天两天形成的。我觉得我要做的关键是，让群众感受到公安机关是真心实意为民办好事办实事，从而自觉自愿参与治安工作。只要拿出真心对群众，一定可以换来群众的热心。在筹建仙彭安全文明小区时，我上门去做工作筹集资金，小区里有一个老人彭伯，我三番两头上他家拜访，还自带了茶叶给老人家，动员他为治安公益事业出钱出力。当然，送茶叶只是一点心意表达，但关键是咱们诚恳的态度摆了出来。最终，彭伯也被打动了，捐了 16 万元作为小区建设资金，带动其他村民也来出钱出力。